BIBLIOTHÈQUE

DE

M. A. VULLIET

PROFESSEUR DE LITTÉRATURE FRANÇAISE

A L'ACADÉMIE DE LAUSANNE

LIVRES A FIGURES ET A VIGNETTES

DU XVIIIe SIÈCLE

2e PARTIE

PARIS

J. BAUR, LIBRAIRE

11, RUE DES SAINTS-PÈRES, 11

1881

PARIS. — IMPRIMERIE DE CH. NOBLET
13, RUE CUJAS, 13

BIBLIOTHÈQUE

DE

M. A. VULLIET

LIVRES A FIGURES ET A VIGNETTES

DU

XVIIIe SIÈCLE

2e PARTIE

LA VENTE AURA LIEU:

Le Jeudi 5 mai, à 7 heures et demie du soir.

28, RUE DES BONS-ENFANTS, 28
(Salle n° 1, au premier étage)

Par le ministère de Me MAURICE DELESTRE
Commissaire-priseur,

Successeur de M. Delbergue-Cormont, rue Drouot, 27
Assisté de M. J. BAUR, libraire.

Il y aura le même jour, de 2 à 4 heures, exposition des livres composant la vacation.

On suivra l'ordre du Catalogue.

CONDITIONS DE LA VENTE:

La vente est faite au comptant, 5 o/o payables par les acquéreurs en sus des enchères.

Les livres devront être collationnés sur place dans les 24 heures de l'adjudication. Passé ce délai, ou une fois sortis de la salle de vente, ils ne seront repris pour aucune cause.

M. J. BAUR se charge de remplir les commissions des personnes qui ne pourraient assister à la vente.

BIBLIOTHÈQUE

DE

M. A. VULLIET

PROFESSEUR DE LITTÉRATURE FRANÇAISE

A L'ACADÉMIE DE LAUSANNE

[illegible]

DU XVIIIe SIÈCLE

2e PARTIE

PARIS

[illegible]

11, RUE DES SAINTS-PÈRES, 11

1881

La seconde partie de la Bibliothèque de M. A. Vulliet se compose exclusivement, comme la première, de livres à figures et à vignettes du XVIIIe siècle. A ce titre, elle répond au goût du jour et est digne de fixer l'attention des connaisseurs. Moins nombreuse cependant que celle disséminée l'an dernier aux feux des enchères, les livres y sont plus importants au point de vue de l'art et de la bibliophilie.

Chaque ouvrage ayant été l'objet d'une note détaillée faisant connaître la condition de l'exemplaire, le nombre de frontispices, fleurons, figures, vignettes et culs-de-lampe, les noms des dessinateurs et graveurs, et les diverses particularités caractérisant leur mérite littéraire ou artistique, nous pouvons nous abstenir d'énumérer les volumes de cette collection, recherchés pour leur rareté et qui provoquent les convoitises des amateurs. Il suffit de parcourir les quelques pages de ce catalogue pour les remarquer et pour apprécier la patience, le discernement, le savoir et le goût du bibliophile qui a su réunir tant de livres d'une même époque, à coup sûr, la plus aimable, la plus gracieuse, dans ses productions artistiques.

Les volumes illustrés que M. Vulliet a conservés comme un spécimen du XVIIIe siècle, les Molière de 1734 et de 1773 avec les figures de Boucher et de Moreau, *les Contes* de La Fontaine des Fermiers généraux, *les Chansons* de la Borde, *les Métamorphoses* d'Ovide de 1767, *les Baisers* et *les Fables* de Dorat avec les ravissantes vignettes d'Eisen et de Marillier, dans leurs brochures originelles, etc., etc., le consoleront peut-être, tant ces livres sont beaux, du départ de ceux qui ont fait jusqu'à ce jour l'ornement de ses vitrines. Nous craignons cependant qu'il ne se crée de cuisants regrets lorsqu'un autre emportera de la salle Sylvestre, même après des enchères vivement disputées, les magnifiques recueils d'estampes de Basan; *la Folle Journée*, de Beaumarchais, brochée et en grand papier; la belle suite des grandes estampes du *Don Quichotte ;* la splendide *Galerie du Palais-Royal*, de Couché; *les Quatre heures de la toilette des dames;* le Gessner, illustré par le Barbier; la Dissertation de La Chau, avec les deux épreuves après et avant la coquille, de la Vénus Anadyomène, du Titien, gravées par Saint-Aubin; les *Fables* de La Fontaine, de Fessard; le *Daphnis et Chloé*, de Prudhon; *l'Heptaméron*, de Freudenberg et Dünker; les figures si originales du *Tableau de Paris*, de Mercier; *le Prix de la Beauté*, cette pastorale si bien interprétée par le burin de Martinet; la suite rarissime des figures de la pièce de Favart : *Annette et Lubin;* les chefs-d'œuvre de Restif de la Bretonne : *le Paysan*, *la Paysanne*, *les Contemporaines* et notamment *la Malédiction paternelle*, avec le dessin original si remarquable de Binet; le Racine de Didot, édition dite du

Louvre; *le Sacre de Louis XVI*, et tant d'autres raretés qu'il ne retrouvera plus.

Hélas! sans les regrets on ne saurait pas que l'on fut heureux, et c'est être philosophe que de vouloir expérimenter la justesse de cette maxime.

Paris, 30 mars 1881.

BIBLIOTHÈQUE

DE

M. A. VULLIET

LIVRES A FIGURES

DU

XVIIIe SIÈCLE

2e PARTIE

---

1. Argenville (Dezallier d'). — Abrégé de la vie des plus fameux peintres, avec leurs portraits gravés en taille-douce, les indications de leurs principaux ouvrages, quelques réflexions..., par M. ***. *Paris, De Bure*, 1762, 4 vol. in-8, v. brun.

Beau frontispice de Boucher, gravé par J. J. Flipart, 3 vignettes de Pierre et de Choffard et 253 portraits. Beaucoup portent le nom du graveur Aubert, les autres ne sont pas signés; 15 planches n'ont que les cadres, les portraits n'ayant pu être exécutés faute de documents. Les deux premiers volumes sont consacrés aux peintres italiens, le 3e aux flamands, le 4e aux français.

2. Arnaud (J. Baculard d'). — Euphémie ou le Triomphe de la religion. Drame, 3e édit. *Paris, Le Jay*, 1768. — Le comte de Comminge ou les Amours malheureux, drame. 4e édit. *Paris, Le Jay*, 1768, 2 vol. in-8, veau por.

Deux belles figures dessinées par Restout, gravées par St-Aubin.

3. Anacréon. — Odes, Inscriptions, Epitaphes, Epithalames et fragments d'Anacréon, traduits en français

par le citoyen Gail, etc. *Paris, Didot l'aîné, an II*, in-18, v. por., d. s. tr.

Jolie édition, illustrée par Quéverdo, 2 figures sont gravées par lui-même et les deux autres par Gaucher.

4. Æschyle. — Théâtre, traduit en français avec des notes philologiques et deux discours critiques par de La Porte du Theil. *Paris, imprimerie de la République, an III*, 2 vol. in-8, veau granit, dent., d. s. tr.

Bel exemplaire en papier vélin. (Ces exemplaires sont très rares.) Les 8 figures qui se trouvent dans cet ouvrage ont été dessinées exprès à Rome, et elles ont été gravées les unes dans cette ville et les autres à Paris, par Angeletti, Gauffier, Jordan et Fessard. Elles sont avant la lettre. La 8e représente un monument antique conservé dans la *villa Albani*, lequel semble être le type exact de la description poétique qu'Eschyle, au vers 348 de son *Prométhée*, fait d'Atlas soulevant le ciel sur ses épaules.

5. Alcoran (l') des Cordeliers, tant en latin qu'en françois, c'est-à-dire Recueil des plus notables bourdes et blasphèmes de ceux qui ont osé comparer saint François à Jésus-Christ. Nouv. édit. ornée de figures dessinées par B. Picart. *Amsterdam*, 1734, 2 vol. in-12, v. br.

Réimpression d'une traduction publiée pour la première fois à Genève en 1556, par Conrad Badius; l'original, qui est la réfutation du livre d'Albizzi, a paru en 1542, à Wittemberg, en allemand, avec une préface de Luther, sous le titre *le Franciscain farceur ou l'Alcoran*. Les 21 figures de Picart renfermées dans ces deux volumes sont curieuses.

6. Almanach du Chasseur. *Paris, chez Pissot*, 1773, in-12, broché.

Beau titre cynégétique gravé par Choffard. Renseignements spéciaux sur la chasse, suivis d'un dictionnaire de tous les termes de la vénerie.

7. Basan. — Recueil d'Estampes, gravées d'après les tableaux du cabinet de Mgr le duc de Choiseul par les soins du sieur Basan. *Paris*, 1771, in-4, cart., non rogné.

Bel exemplaire de toute fraîcheur. Titre gravé par Choffard, dédicace gravée, 12 pages de texte renfermant la description des figures et 128 planches. (Les nos 68, 69, 76, 78 et 101 sont doubles, ce qui explique que le numérotage s'arrête à 123.) Les épreuves de ce beau recueil ne laissent rien à désirer. Les meilleurs graveurs y ont collaboré : Biquoy, Binet, Delvaux,

Dunker, Ingouf, de Launay, Le Bas, Lingée, Martini, Patas, St-Aubin, etc.

8. Id. — Collection de 120 estampes gravées d'après les tableaux et dessins qui composaient le cabinet de M. Poullain, receveur général des domaines du Roi, décédé en 1780. *Paris, chez Basan et Poignant*, 1781, in-4, cart., non rogné.

Très bel exemplaire en premier tirage de ce beau recueil si recherché aujourd'hui. — Vignette de Choffard en tête de la dédicace. Cette remarquable suite d'illustrations a été exécutée sous la direction de Basan. Le peintre Moitte en avait fait les dessins d'après les tableaux avant la mort de ce célèbre amateur. Bertaux, Couché, Dambrun, de Launay, Halbou, Longueil, Patas, etc., ont gravé ces diverses estampes.

9. Id. — Dictionnaire des Graveurs anciens et modernes depuis l'origine de la gravure, 2e édition..., ornée de 50 estampes par différents artistes. *Paris*, 1789, 2 vol. in-8, veau porph.

Bon exemplaire, bien que la marge du bas du feuillet 39 (1er vol.) ait été coupée jusqu'au texte. On y trouve aussi 2 ou 3 annotations ou additions à l'encre. Deux frontispices par Cochin et Pierre, les armes du comte de Durazzo en tête de la dédicace, 2 ravissantes vignettes en tête des volumes par Choffard (l'une renferme le portrait de Bazan) et 41 estampes dont 7 ont 2 sujets. Toutes ces figures sont des reproductions des meilleures planches exécutées par les graveurs du XVIIe et du XVIIIe siècle. On y remarque un très beau portrait de Bossuet d'après Rigaud, gravé par Chereau, des illustrations d'Eisen, de Moreau, de Cochin, de St-Aubin, etc., et la planche du *Rossignol*, de B. Picart qui, étant très libre, manque souvent. Toutes ces figures sont très bonnes d'épreuves.

10. Id. — Dictionnaire des Graveurs anciens et modernes depuis l'origine de la gravure. 2e édition, précédée d'une Notice historique sur l'art de la gravure par P. P. Choffard, suivie d'un précis de la vie de l'auteur et ornée de 60 estampes dont 18 sujets nouveaux. *Paris, Blaise*, 1809, 2 vol. in-8, dos veau fauve, non rognés.

Très bel exemplaire. Cette édition est la même que la précédente quant au texte. La plus grande partie de l'édition étant restée en magasin, Blaise a acheté tous les exemplaires à la mort de Basan et, pour les écouler, il y a ajouté la notice de Choffard, publiée déjà en 1804, et a fait réimprimer les titres. Parmi les estampes nouvelles, on remarque *le Déjeuner de Ferney*, d'après Denon, le portrait du duc de La Rochefoucauld et un nouveau frontispice de Choffard à la mémoire de Basan. La planche du *Rossignol* a été supprimée dans ces exemplaires.

11. Beaumarchais (de). — La Folle Journée ou le Mariage de Figaro. Comédie en 5 actes, représentée pour la 1re fois par les comédiens ordinaires du Roi, le mardi 27 avril 1784. *De l'imprimerie de la Société typographique et se trouve à Paris, chez Ruault*, 1785, très grand in-8, broché.

Très bel exemplaire de toute fraîcheur sur grand papier. Cinq figures, de St-Quentin, gravées par Liénard (3), Halbou et Lingée. Magnifiques épreuves.

12. Id. — Idem, même édition, in-8, broché.

Bel exemplaire, même tirage, mais petit papier. Les cinq figures de St-Quentin sont gravées par C. N. Malapeau.

13. Belloy (de). — Œuvres complètes. *Paris, Cussac*, 1787, 6 vol. in-8, veau fil.

Bon exemplaire, un portrait de l'auteur et 6 figures de Borel pour les pièces suivantes : *Titus*, — *Zelmire*, — *le Siège de Calais*, *Gaston et Bayard*, — *Gabriel de Vergy*, — *Pierre le Cruel*. — Ces figures sont gravées par Petit, Giraud, Longueil, Viguet, Patas et Maillet.

14. Bernard. — Eloge de l'Enfer. Ouvrage critique, historique et moral. *A la Haye*, 1749, 2 vol. in-12, demi-rel., non rognés.

Frontispice, fleuron et vignette en tête répétés et 12 figures. Toutes ces illustrations, qui sont fort originales, sont signées G. Sibelius. Livre curieux dédié aux gens d'esprit : excellence de l'enfer, son utilité, la facilité qu'on a d'y aller, par qui sont occupées les premières places, les moines, les avares, les ivrognes, les envieux, ce qu'il en coûte à des galants et à des coquettes pour se damner, etc. Exempl. en grand papier.

15. Bernard (Gentil). — Œuvres, ornées de gravures d'après les dessins de Prudhon. *Paris, Didot l'aîné*, 1797, an V, in-4, cart., non rogné.

Très bel exemplaire, 3 figures pour *l'Art d'aimer*, gravées par Beisson (2) et Copia, et une figure pour *Phrosine et Mélidore*, dessinée et gravée par Prudhon. Belles épreuves.

16. Berquin. — Idylles. 2e édition *s. l. n. d.* (*Paris*, 1775), 2 vol. pet. in-8 carré. IV, 53 et 70 et 1 f. pour l'approbation et le privilège, dos et coins bas. f., anc. reliure.

Titre frontispice dessiné et gravé par Marillier et 24 jolies figures en bonnes épreuves du même, gravées par Gaucher (1), Le

Gouaz (6), Ghendt (6), de Launay (4), Lebeau (1), Masquelier (1), de Née (1) et Ponce (4). Ces idylles sont imitées de Gessner, de Wieland, de Métastase et de Gerstemberg.

17. Bertin. — Œuvres de M. le chevalier de Bert.** Nouvelle édition, corrigée et augmentée. *Londres et Paris*, 1785, in-18, mar. rouge, fil., d. s. tr.

Exemplaire en reliure ancienne. 2 frontispices, le 1er seul est signé C. Monnet inv. Anselin sc. Cette édition renferme *les Amours*, *le Voyage de Bourgogne* et des pièces diverses.

18. La Bibliothèque bleue. *Paris, Costard*, 1775, 1776, 2 vol. in-8, mar. bleu, riche encadrement sur les plats, dent. int., d. s. tr.

Ce recueil renferme I. Histoire de Pierre de Provence et de la Belle Maguelonne. II. Histoire de Robert le Diable, duc de Normandie. II *bis*. Histoire de Richard sans Peur, fils de Robert le Diable. III. Histoire de Fortunatus. IV. Histoire des enfants de Fortunatus. IV *bis*. Histoire de Jean de Calais. Chacun de ces romans de chevalerie est illustré d'une belle grande figure de Desrais, soit 6 estampes qui sont gravées par Patas, J. B. C. Chatelain (2), J. Marchand, Legrand et R. Delvaux.

19. Bibliothèque de campagne ou Amusements de l'esprit et du cœur. 4e édition. *Amsterdam, chez Marc Michel Rey*, 1755-1762, 12 vol. in-12, veau por., fil.

Le verso du titre de ce recueil porte l'avis suivant : « Plusieurs pièces de goût, faute d'être réunies en un corps d'ouvrage, se perdent; c'est pour remédier à cet inconvénient que j'offre ce recueil au public; s'il est judicieux il m'approuvera. » On y trouve des romans, des nouvelles, des poèmes et un grand nombre de petites pièces en vers et en prose. Chaque volume est orné d'une délicieuse vignette tirée à part et servant de frontispice; elles sont dessinées par B. Bolomey et gravées par C. Boily. De plus, chaque volume renferme une grande et belle figure des mêmes artistes, dont celle du tome 3 est seule signée. Comme ces illustrations sont très belles et qu'elles n'ont jamais été signalées, nous donnons ici les légendes des grandes figures. T. 1er. « Coup imprévu de l'amour » pour *Inès de Cordoue*. 2. « L'amour téméraire » pour *Catherine de France, reine d'Angleterre*. 3. « Secret révélé » pour l'*Histoire des amours de Henri IV*. 4. « Ruse de l'amour » pour *la Comtesse de Mortane*. 5 « Aveu extraordinaire » pour *la Princesse de Clèves*. 6. « Consternation du maréchal de St-André » pour *le prince de Condé*. 7. « Vengeance satisfaite » pour *Béralde, prince de Savoie*. 8. « Terreur panique » pour l'*Histoire secrète de Bourgogne*. 9. « Supercherie du duc de Guise » pour *Madame de Villequier*. 10. « Jaloux désabusé » pour l'*Histoire de la reine de Navarre*. 11. « Funeste effet de la jalousie » pour *la Comtesse de Vergi*. 12. « Mort tragique d'Agrippine » pour *Epicaris ou l'Histoire secrète de la conjuration de Pison contre Néron*.

20. Bilderbeck (baron de). — Cyane (ou les Jeux du destin), roman grec. *A Neuwied et à Strasbourg, chez J. P. Treuttel,* 1790, in-8, dos et coins mar. rouge, tête dorée, non rogné (*Raparlier*).

L'auteur, natif de Wissembourg (Alsace), a été maréchal de la cour de Nassau; il a écrit en français et en allemand. Ce roman, qui est joli, est orné d'un beau titre gravé et de 3 grands culs-de-lampe non signés.

21. Les Bijoux des Neuf Sœurs, avec de jolies gravures. *Paris, chez Defer de Maisonneuve,* 1790, 2 vol. in-12, demi-rel.

Deux frontispices et 4 figures de Le Barbier gravées par Gaucher; illustrations extrêmement jolies, qui font de ces volumes un des ouvrages les plus recherchés. Ce recueil, attribué à l'abbé Bancarel, est fait avec goût; on y trouve des poésies de Voltaire, de Gresset, de Parny, de Chaulieu, de Boufflers, etc. L'exemplaire est un peu court de marges, mais les épreuves sont très bonnes.

22. Bitaubé. — Guillaume, en X chants, précédé de réflexions sur le Merveilleux. *Amsterdam,* 1773, in-8, demi-rel.

Fleuron sur le titre et 10 belles vignettes en tête de Chodowiecki, gravées par de Mœr. Ces petites illustrations sont très bien exécutées.

23. Boccace. — Nouvelles; traduction libre, ornée de la vie de Boccace, des contes que La Fontaine a empruntés de cet auteur et de figures gravées sous la direction de Ponce, d'après les dessins de Marillier, par Mirabeau. *Paris, chez Duprat,* 1802, 8 vol. pet. in-12, brochés.

Huit figures assez jolies par Marillier, gravées par Courbe, Delvaux, Devilliers et Ponce.

24. Boileau. — Œuvres de Nicolas Boileau Despréaux, avec des éclaircissements historiques, donnés par lui-même, nouvelle édition, revue, corrigée et augmentée de diverses remarques (par Brossette). *Amsterdam, chez David Mortier,* 1718, 2 vol. in-4, mar. bl., d. s. tr.

Bel exemplaire en reliure ancienne d'une édition recherchée pour ses estampes. Beau frontispice renfermant un remarquable portrait médaillon de Boileau; fleuron sur les titres représentant Erasme « Desiderius Erasmi concedo nulli », en tête de la dédicace les armes de la princesse de Galles, en tête du discours au Roi, les armes de France et 6 belles estampes pour *le Lutrin*. Toutes ces illustrations sont dessinées et gravées par Bernard Picart le Romain. En regard de la dédicace se trouve plié le grand et beau portrait de Guillelmine-Charlotte, princesse de Galles, gravé par F. Gunst, d'après Kneller.

25. Id. — Œuvres, avec des éclaircissements historiques donnés par lui-même, et rédigés par M. Brossette ; augmentées de plusieurs Pièces, tant de l'auteur qu'ayant rapport à ses ouvrages ; avec des Remarques et des Dissertations critiques, par M. de Saint-Marc. Nouvelle édition, augmentée de plusieurs Remarques et de Pièces relatives aux Ouvrages de l'auteur. Enrichie de figures gravées d'après les dessins du fameux Picart le Romain. *Amsterdam, chez Changuion*, 1775, 5 vol. in-8, v. porph., fil., tr. dor.

Très bon exemplaire. Réimpression exacte de l'édition de 1772. Les six figures du *Lutrin* sont gravées par Vinkelès. Les deux figures pour *l'Art poétique* et l'épître au Roi sont gravées par Van Meer. Cette édition, quoique faite sur celle de 1747, est plus complète si elle est moins belle.

26. Catalogue raisonné des Tableaux, Sculptures, Dessins et Estampes des plus grands maîtres, Porcelaines anciennes, Meubles précieux, Bijoux, qui composaient le cabinet de M. le duc de Tallard, par les sieurs Remy et Glomy. *Paris, Didot*, 1756, in-12, mar. rouge, fil., d. s. tr.

Belle ancienne reliure. Un curieux frontispice très joliment dessiné par Baudouin et gravé par Huquier. Ce catalogue est d'un grand intérêt par les descriptions qu'il donne des bibelots recherchés au siècle dernier.

27. Cazin (Editions dites de). — 2 vol., mar. rouge, fil., d. s. tr.

La Farre (marquis de). Poésies. *Londres*, 1781. Joli frontispice non signé.

Palissot. La Dunciade. Poème en 10 chants. *Londres*, 1781. Beau portrait frontispice de Monnet, gravé par Voysard.

Ces deux ouvrages sont en reliure ancienne.

28. Id. — 12 vol. veau fauve et veau marbré, fil., d. s. tr.

Boileau. Œuvres. *Londres*, 1780. 2 vol., portr. par Dupin. — Rousseau (J. B.) Œuvres. *Londres*, 1781, 2 vol., portrait gravé par Delvaux. — BERENGER. Poésies. *Londres*, 1785. 2 vol., beau frontispice dessiné et gravé par Chatelain et une jolie figure dessinée par L. Pignon, gravée par Chatelain. — VILLETTE (marquis de). Œuvres. *Londres*, 1782 Frontispice de Chevaux gravé par Duponchel. — ST-LAMBERT. Les Saisons. *Londres*. Frontispice de Chevaux gravé par Duponchel. — BERNARD. Œuvres complètes, *s. l. n. d.* Titre gravé non signé. — REYRAC. Hymne au soleil. *Amsterdam*, 1781. Portrait gravé par de Launay. — VERNES FILS. Poésies. *Londres*, 1786. Joli titre gravé non signé. — DORAT. Les Baisers et le mois de mai. *Genève*, 1777. Beau frontispice non signé.

29. Id. — 12 vol. v. f., fil., d. s. tr.

PASCAL. Pensées avec les notes de M. de Voltaire. *Genève*, 1778. 2 vol. Portrait gravé par de Launay. — LA FONTAINE. Fables choisies. *Genève*, 1777. 2 vol. Joli frontispice de Marillier, gravé par de Launay. — ROUSSEAU (J. B.). Œuvres choisies. *Amsterdam*, 2 vol., 1777. Portrait d'Aved, gravé par de Launay. — FONTENELLE ET LA MOTTE. Poésies choisies. *Genève*, 1777. 2 vol. Portrait de Voiriot gravé par de Launay. — REYRAC. Hymne au soleil. *Amsterdam*, 1781. Portrait gravé par de Launay. — LÉONARD. Idylles et poésies champêtres. *A Gnyde, s. d.* Joli frontispice non signé. — BERNARD. Œuvres complètes. *Londres*, 1777. Joli frontispice non signé. — DESHOULIÈRES. Œuvres choisies. *Genève*, 1777. Joli portrait de Sophie Chéron, gravé par de Launay.

30. Id. — 12 vol. veau, fil., d. s. tr.

RABELAIS. Œuvres. *Genève*, 1782. 4 vol. Joli portrait par Sarabat, gravé par de Launay. — MAROT. Œuvres. *Genève*, 1781. 2 vol. Portrait par Holbein, gravé par de Launay. — Poésies satiriques du XVIIIe siècle. *Londres*, 1782. 2 vol. 2 beaux titres gravés par Marillier. — VADÉ. Œuvres complètes. *Genève*, 1777. 4 vol. Portrait par Richard, gravé par Boily, et 58 p. de musique gravée.

Nota. Le *Rabelais* renferme une Vie de l'auteur et une clef des termes les plus obscurs. — On trouve dans le second volume de *Marot* toutes les épigrammes gaillardes. — Le *Vadé* contient tout le théâtre, la Pipe cassée, la Grenouillière, les bouquets poissards et les chansons. — Le 2e volume des *Poésies satiriques* a les deux feuillets supplémentaires qui manquent souvent : l'épître de Dorat à celle qui se reconnaîtra (mademoiselle Raucourt) :

Nargue les sots, cède à tes goûts,
Donne aux femmes des rendez-vous,
Parle aux hommes philosophie,
N'en aime aucun, trompe-les tous.

31. Id. — 12 vol. veau por., fil., d. s. tr.

MARIVAUX. — La Vie de Marianne. *Londres*, 1782. 4 vol. 4 figures de Chevaux gravées par Duponchel. — LONGUS. Les amours pastorales de Daphnis et Chloé. *Londres*, 1780. Frontispice non signé. — STERNE. Voyage sentimental en France. *Londres*, 1789. 2 vol. 2 figures de Duponchel. — VERNES FILS. Le Voyageur sentimental ou Ma promenade à Yverdun. *L'ndres*, 1786. — GŒTHE. Passions du jeune Werther. *Paris*, 1786. Une jolie figure gravée par Chapuy, d'après Chodowiecki. — TASSE. Jérusalem délivrée. *Londres*, 1780. 2 vol. Frontispice non signé (gravé d'après le dessin de Desrais) et 2 jolies vignettes en tête. — L'Art d'aimer d'Ovide, traduction nouvelle (en prose). Frontispice par Patz, gravé par Duponchel.

32. Id. — 5 vol. veau por., fil., d. s. tr.

MÉRO. Odes anacréontiques. Contes en vers et autres pièces diverses suivies de Côme de Médicis. *Londres*, 1781. Portrait par Duponchel. — ST-LAMBERT. Les Saisons. *Amsterdam*, 1777. Frontispice non signé. — PERREAU. Scènes champêtres et autres ouvrages du même genre. *Londres*, 1785. Titre frontispice non signé. — TASSE. Aminta, favola Boschereccia. *Londra*, 1783. Joli titre frontispice par Boily. — GUARINI. Il pastor fido tragicom. pastor, *s. l. n. d.* Titre frontispice non signé.

33. Id. — 14 volumes brochés.

PIRON. Œuvres choisies. *Londres*, 1782. 3 vol. Beau portrait gravé par Delvaux. — DORAT. Poésies. *Genève*, 1777. 4 vol. Beau portrait gravé par de Launay, d'après Denon. — ANACRÉON, Bion et Moscus. *A Paphos*, 1785. 2 vol. Frontispice non signé. — Choix de Poésies traduites du grec, du latin et de l'italien. *Londres*, 1786. 2 vol. Joli frontispice de Le Barbier, gravé par Thomas. — MERTHGEN. Œuvres pastorales traduites de l'allemand par le baron de Nausell, suivies des Aulnayes de Voux. Idylles françoises par Le Boux de la Bapaumerie. *Paris*, 1783. 2 vol. Front. et 3 figures de Le Barbier, gravés par Ponce et Godefroy. 2 vol. cart., non rognés. — LE SAGE. Gusman d'Alfarache. *Londres*, 1783, 2 vol. in-18, cart., non rognés, 2 frontispices non signés.

34. Cazotte. — Ollivier, poème (en prose). *Paris, de l'imprimerie de P. Didot l'aîné, an VI*-1798. 2 vol. in-18, veau porp., fil., d. s. tr.

Bon exemplaire. 12 jolies figures de Lefebvre, gravées par Godefroy.

35. Cervantes. — Les principales aventures de l'admirable Don Quichotte. — Recueil d'estampes grand in-folio (1724), dos et coins mar. rouge.

Très bel exemplaire provenant de la Bibl. de M. Martin, avec son *ex-libris*. Ce beau recueil renferme les grandes estampes publiées vers 1725. Elles ont été reproduites in-4° en 1746 à la Haye, chez Pierre de Hondt, avec un titre et un texte explicatif. Le titre de cette édition et le sommaire des planches ont été annexés à cet exemplaire après avoir été remmargés. Cette collection d'estampes se compose de 31 planches, 25 par Coypel, 1 par F. Boucher, 2 par Cochin fils, 1 par J. P. Lebas et 2 par Trémolier. Elles sont gravées par Michel Aubert, C. N. Cochin, Magdeleine Hortemels, Cochin, Beauvais, Aveline, Haussard, Joullain, Lepicié, Poilly, Ravenet, Silvestre et

Surugues. Six de ces estampes ont en regard l'épreuve avant la lettre; mais, comme ces épreuves sont rarissimes et qu'elles étaient plus ou moins grandes de marges, elles ont été habilement remmargées. Le volume renferme en conséquence 37 pièces, plus un beau portrait non signé de Cervantes.

36. Id. — El ingenioso Don Quixote de la Mancha, nueva edicion corregida denuero, con nuevas notas, con nuevas estampas por D. Juan Antonio Pellicier. *En Madrid, por D. Gabriel de Sançha,* 1797-1798, 5 vol. in-8, brochés.

Cette édition passe pour la meilleure quant au texte. 33 figures d'une grande originalité. Un exemplaire en maroquin relié par Trautz-Bauzonnet, a figuré dans le répertoire de la librairie Morgand et Fatout, au prix de 2,400 francs.

37. Id. — Nouvelles espagnoles. Traduction nouvelle, avec des notes par Lefebvre de Villebrune. *Paris, Vve Duchesne,* 1778, 2 vol. gr. in-8, veau, fil., d. s. tr.

12 belles figures de Desrais, gravées par de Launay, Maillet, Le Roy, Le Beau, Bradel et Berthet; 4 ne sont pas signées. Ces Nouvelles, au nombre de 12, 6 par volume, ont toutes une pagination spéciale. Très bel exemplaire.

38. Chansons choisies avec les airs notés. *A Genève,* 1785, 4 vol. Ensemble 8 vol. in-32, v. f., fil., d. s. tr.

Très joli frontispice dessiné et gravé par Boily et 202 pages de musique gravée. Recueil très bien composé. On y voit les noms de Henri IV, l'auteur de *Charmante Gabrielle,* et ceux de Bernis, Borde, Bérenger, Chaulieu, Collé, Colardeau, Dufresny, Desportes, Dorat, Favart, Hénault, Laujon, Latteignant, Lemierre, Marmontel, Marot, Montesquieu, Maréchal, Moncrif, Panard, Racine, Régnard, Tressan et de cent autres. Les chansons sont divisées par genre : chansons anacréontiques, érotiques, pastorales, bachiques, libres et joyeuses.

39. Charte constitutionnelle des Français, ornée de gravures, dédiée au Roi par M. Ponce. *Paris (impr. de P. Didot l'aîné),* 1814, cart., n. rogné.

Bel exemplaire en papier vélin. Quatre figures de Monnet gravées par Ponce (1) et par Helman (3). — A la fin du texte de la Charte on trouve la liste des pairs et des députés.

40. Classiques latins. Editions Barbou, 4 vol. in-12, v. marbré, fil., d. s. tr.

PHÆDRI Augusti liberti fabulæ. *Paris, Barbou*, 1754. Frontispice, 5 vignettes en tête et 5 culs-de-lampe. Ces illustrations sont dessinées par Durand et gravées finement par Fessard. Un des culs-de-lampe est signé : Sornique.

TACITI (C. Cornelii) quæ exstant opera, recensuit J. N. Lallemand. *Par s, Barbou*, 1760. 3 vol. 3 frontispices et 3 ravissantes vignettes dessinés par Eisen, gravés par Lempereur.

41. Colardeau. — Le Temple de Gnide mis en vers. *Paris, chez Le Jay* (1773), gr. in-8, br.

Un titre gravé renfermant le portrait médaillon de Corneille avec ce vers : « *Je ne dois qu'à moi seul toute ma renommée.* » Sept jolies estampes, une par chant, dessinées par G. Monnet et gravées par Helman, D. Née, C. Baquoy (2), N. de Launay, N. Ponce et Masquelier. Quelques piqûres au texte, mais les épreuves sont bonnes.

42. Id. — Œuvres. *Paris, chez Ballard et Le Jay*, 1779, 2 vol. gr. in-8, veau fauve, fil., d. s. tr.

Portrait d'après Voirot, gravé par C. V. D. 11 figures de Monnet, 2 pour *Astarbé* et *Caliste*, tragédies, 2 pour la comédie *les Perfidies à la mode* et 7 pour *le Temple de Gnide*. Ces figures sont gravées par Baquoy, Helman, Launay, Legrand, Masquelier, Mathieu, Née et Ponce.

43. Couché. — Galerie du Palais-Royal, gravée d'après les Tableaux des différentes écoles qui la composent; avec un abrégé de la Vie des Peintres, et une description historique de chaque tableau, par l'abbé de Fontenai, dédiée à S. A. S. Mgr le duc d'Orléans, par J. Couché, graveur de son cabinet. *Paris, chez J. Couché*, 1786-1808, 3 vol. in-folio, demi-rel.

Exemplaire de la bibliothèque de M. Forbes, ancien ambassadeur d'Angleterre à Dresde. Titre gravé, dédicace avec les armes de la famille d'Orléans, par Choffard, et 355 estampes. Recueil très important et très intéressant auquel 80 graveurs ont collaboré ; les noms des plus habiles y figurent : Baquoy, Bertaux, Dambrun, Delvaux, Guttemberg, Halbou, Ingouf, de Launay, Le Mire, Patas, Prevost, A. de St-Aubin, Tardieu, Trière, etc.

44. Crébillon. — Œuvres. *Paris, stéréotypie d'Herhan,*

an XI-1802, 3 vol. in-12, mar. bleu, dent. sur les plats, fil., d. s. tr.

Bel exemplaire en papier vélin; bonne reliure de Thouvenin. On a ajouté un beau portrait de l'auteur, d'Aug. de St-Aubin, et 9 jolies figures de C. Monnet, gravées par Delignon avant la lettre, une par tragédie.

45. Dauphin. — La dernière Héloïse ou Lettres de Junie Salisbury, recueillies et publiées par M. Dauphin, citoyen de Verdun. *Paris*, 1784, 2 parties en 1 vol. in-8, cart., non rogné.

Beau frontispice, deux titres gravés ayant chacun une ravissante vignette et deux magnifiques estampes. Toutes ces illustrations, dessinées et gravées par Quéverdo et gravées par Dambrun, Delignon et Longueil, peuvent compter au nombre des meilleures qui aient été exécutées à la fin du siècle dernier. Ce roman, sans indication d'éditeur, est tiré sur beau papier vélin et semble être sorti des presses de Didot.

46. Delille. — Les Jardins, poème. *Paris, chez Levrault* (*imp. Didot*), an IX-1801, gr. in-8, mar. rouge, fil., d. s. tr.

Belle figure de Monsiau, gravée par Choffard. L'exemplaire est beau.

47. Diderot. — La Religieuse. Nouvelle édition. *Paris*, an XIII-1804, 2 vol. in-8, brochés.

Bon exemplaire de ce célèbre roman tant décrié par ceux qui ne l'ont pas lu. L'édition originale sans figures est de l'an V. Elle a paru douze ans après la mort de l'auteur. Portrait de Diderot dessiné par Aubry, gravé par J. B. M. Dupréel, et 4 belles figures de Le Barbier, gravées par Dupréel et la dernière par Giraud jeune.

48. Dorat. — Mes Rêveries : contenant Erato et l'Amour, poème suivi des Riens. *Londres*, 1771, in-8, demi-rel. — Costard. — Lettre de Caïn après son crime, à Mehala, son épouse. *Paris, Jarry*, 1765, in-8, cart. Bradel.

Le premier de ces volumes renferme deux figures de Desrais, gravées par Chatelain et Saillar; le 2e une figure d'Eisen, gravée par Le Mire.

49. Id. — Bagatelles anonymes recueillies par un amateur. *Genève*, 1766, in-8, broché. — Pezay. — Suite des Bagatelles anonymes. *Genève*, 1767, in-8, broché.

— Dorat. Les Malheurs de l'inconstance ou Lettres de la marquise de Syrcé et du comte de Mirbelle. *Amsterdam et Paris, chez Delalain.* 2 vol. in-8, brochés. — Id. — Mes Rêveries : contenant Erato et l'Amour, poème suivi des Riens. *Londres,* 1771, in-8, veau brun.

Les deux premiers ouvrages sont en grand papier, non coupés. 2 vignettes et deux culs-de-lampe par Eisen, gravés par Née. Le 3e renferme deux belles figures de Quéverdo, gravées par de Longueil, et le dernier 2 figures de Desrais, gravées par Chatelain et Saillar.

50. Duhamel du Monceau. — Traité des Arbres fruitiers, contenant leur figure, leur description, leur culture, etc. *Paris, Saillant,* 1768, 2 vol. in-4, veau porp., fil., d. s. tr.

Très beau frontispice par de Sève, gravé par de Launay, et un nombre considérable de belles planches sur acier, représentant tous les arbres, leurs feuilles et leurs fruits.

51. Ingel. — Ideen zu einer Mimik. *Berlin,* 1785-86, 2 vol. in-8, dos mar. vert, n. rog.

Edition originale. Cet ouvrage a été traduit sous le titre : *Idées sur le geste et l'action théâtrale,* par Henri Janson. Les jolies eaux-fortes de Copia sont ici en épreuves de premier tirage (un frontispice et 33 planches représentant 59 personnages ou scènes de théâtre).

52. Etrennes géographiques. *Paris,* 1760, *chez Ballard, imprimeur du Roi,* in-18, veau porp., fil., d. s. tr.

Titre gravé et très joli frontispice non signés. Ce petit volume se compose d'un avertissement et de 26 cartes géographiques finement gravées par Durand, et écrites par Bourgoin, Dussy, Desbruslins, Le Roy le jeune et d'une table des cartes.

53. Fallet. — Les Aventures de Choerée et de Callirrhoé, traduites du grec (de Chariton). *Amsterdam et Paris,* 1775, 8 parties en 2 vol. gr. in-8, cart., n. rognés. — Mes bagatelles ou les torts de ma jeunesse, recueil sans conséquence. *Londres et Paris,* 1776, gr. in-8, demi-rel., non rogné.

Ce roman de Chariton, d'Aphrodisée, commence par le mariage de l'héroïne, bientôt suivi de son enterrement. Elle revient à la vie dans son tombeau, est enlevée par des voleurs, et finit, après de nombreuses aventures, par être rendue à Choerée.

8 grandes et belles estampes de Desrais, gravées par Coron, Hemery, Le Grand, Le Roy, Marchand et Thomas. Le second ouvrage de Fallet est orné de 2 belles figures de Desrais, gravées par Chatelain et J. Marchand, l'une pour le *Phaéton*, poème, l'autre pour les *Œuvres mêlées*.

54. Favre (de). — Les Quatre heures de la Toilette des Dames, poème érotique en 4 chants, dédié à S. A. S. Madame la princesse de Lamballe, chef du conseil et surintendante de la Maison de la Reine. *Paris, Bastien*, 1779, gr. in-8, dos et coins mar. rouge, tête dorée, non rogné.

Exemplaire lavé et encollé. Frontispice, armoiries en tête de la dédicace, 4 grandes belles estampes et grands culs-de-lampe qui prennent chacun presque toute une page. Ces illustrations, remarquables par leur ampleur, sont dessinées par P. Le Clère et gravées par Le Roy, Patas, Louis Legrand, Arrivet. Dans ce poème, chaque chant contient une fiction empruntée à la mythologie.

55. Fénelon. — Les Aventures de Télémaque. *Imprimerie de Monsieur (Didot)*, 1785, 2 vol. in-4, dos et coins mar., compart. richement ornés, tête dorée, non rognés.

Très bel exemplaire relié par Smeers. — Un frontispice, 72 figures et 14 planches gravées renfermant les sommaires entourés d'un cadre orné. Ce sont les mêmes figures que celles qui se trouvent dans l'édition de 1783. Ce frontispice porte : *Les aventures de Télémaque, gravées d'après les dessins de Charles Monnet, peintre du roy, par Jean-Baptiste Tilliard. Paris*, 1773.

56. Id. — Les Aventures de Télémaque, fils d'Ulysse. *Paris, impr. Crapelet*, an III, 4 vol. pet. in-12, mar. rouge, fil., d. s. tr.

Bon exemplaire en ancienne reliure. Portrait dessiné par Maréchal, d'après le tableau de Vivien et gravé par Trière. 24 figures de Lefebvre, gravées par Coiny, Dambrun, Godefroy, Thomas, Trière. Plusieurs ne sont pas signées.

57. Id. — Les Aventures de Télémaque, fils d'Ulysse. *Paris, Didot l'aîné*, an IV, 1796, 4 vol. in-18, veau, fil., d. s. tr.

Edition recherchée. Portrait gravé par Gaucher d'après Vivien. 24 jolies figures de Quéverdo, gravées par Dambrun (6), Delignon (7), Gaucher (1), Launay (6) et Villerey (4).

58. Id. — Les Aventures de Télémaque. *Paris, Ancelle*, 1798, 2 vol. in-8, brochés.

Frontispice renfermant le portrait médaillon de l'auteur. 24 figures non signées, mais qui sont gravées d'après les dessins de Monnet.

59. La Fête de la Rose. *Paris, Merlin*, 1868, in-8, cart., non rogné.

Très joli frontispice dessiné par Touzé et gravé par Masquelier. Un amour élevant une couronne de roses, avec cette légende dans le champ de la gravure : « A la plus vertueuse. » La fête annuelle qui a donné lieu à ce poème se célébrait à Salenci, près Noyon. Elle fut fondée par Saint-Médard, au Ve siècle. Barbier ne mentionne pas l'auteur du petit poème.

60. Florian. — Œuvres diverses, 9 vol. in-18, brochés et reliés.

Numa Pompilius. *Paris, Didot*, 1786. 2 vol. v. f., fil., d. s. tr. Un frontispice non signé. — Estelle, roman pastoral. *Paris, Didot*, 1788, v. porp., fil., d. s. tr. 6 jolies figures de Quéverdo, gravées par Dambrun, Delignon et Longueil. — Les six nouvelles. *Paris, Didot*, 1784, v. porp., fil., d. s. tr. 6 figures de Quéverdo, gravées par les mêmes. — Galatée, pastorale. *Paris, Didot*, 1788, portr. de Cervantes et 4 figures par Flouest, gravées par Guyard. Broché. — Théâtre. *Paris, Didot*, 1790. 3 vol. dem.-rel. 12 jolies figures de Quéverdo, gravées par Delignon et Dambrun. — Mélanges de poésie et de littérature. *Paris, Didot*, 1787, broché. 6 jolies figures de Quéverdo, gravées par les mêmes.

61. Foë (Daniel de). — La Vie et les Aventures de Robinson Crusoé, traduction sur la belle édition donnée par Stockdale en 1790, augmentée de la Vie de l'auteur (par Griffet-Labaume, avec une préface par l'abbé de Montlinot). *Paris*, an VIII, 3 vol. in-8, cart., non rognés.

Portrait de l'auteur gravé par Delvaux et 18 figures gravées par Delignon, d'après les dessins de Stothart. Le dernier volume renferme une belle carte et un vocabulaire de marine.

62. Les Galanteries des Rois de France. *Cologne, chez Pierre Marteau*, s. d. (vers 1750), 3 vol. in-12, brochés.

Trois jolis titres gravés, genre Boucher (différents). Frontispice : « La France soumise au pouvoir de l'amour », et 5 figures curieuses : Frédégonde prend Chilpéric pour Landry, son amant. — La duchesse de Berry sauve la vie à Charles VI dans un bal. — Diane de Poitiers aux pieds de François Ier pour demander la grâce de St-Vallier. — Henri IV, déguisé en paysan, va voir Mme d'Estrées. — Louis XIII prenant avec des pincettes une lettre que Mme de Hautefort avait cachée dans son sein. Ce livre est attribué à Vanel.

63. Galerie historique des illustres Germains depuis Arminius jusqu'à nos jours, avec leurs portraits et les gravures représentant les traits principaux de leur vie (par le chevalier de Klein). *Paris, A. A. Renouard (imp. Didot)*, 1806, in-fol., mar. rouge, fil. sur les plats, d. s. tr., reliure du temps.

Frontispice, treize portraits et 17 estampes. Les portraits représentent Albert Dürer, Robert de Habsbourg, Wallenstein, Tilly, Maximilien Ier, Maurice de Saxe, Leibnitz, Rubens, Gessner, etc., ils sont gravés par Hess, Chevillet, Jacob Adam, etc., d'après les tableaux de l'époque; 5 des estampes sont dessinées etgravées par Chodowiecki. Cet ouvrage n'a été tiré qu'à 200 exemplaires. L'édition originale allemande a paru à Mannheim en 1803.

64. Gatien de Courtils. — Mémoires de madame la marquise de Fresne. *Amsterdam, aux dépens de la Compagnie*, 1753, 2 parties en 1 vol. in-12, demi-rel. veau fauve, non rogné.

Deux portraits en pied du marquis et de la marquise de Fresne et 22 figures remontées. Ces illustrations sont un peu grossières et semblent avoir été extraites de l'édition originale de 1701. L'exemplaire porte la signature de M. Leber, membre de la Société d'histoire de Normandie. Roman curieux.

65. Gay. — Fables by the late M. Gay, 6e édition. *London, Tonson, and Watts*, 1746-1751, 2 vol. in-8, veau brun.

Cinquante vignettes dessinées par W. Kant et Wootten, et gravées par G. Van Gucht pour le 1er volume. Le 2e renferme un portrait du fabuliste, un frontispice et 16 figures dessinées par Gravelot et gravées par Scottin. Edition recherchée.

66. Gessner. — Œuvres. *Zurich, chez l'auteur*, 1777, 2 vol. in-4, brochés.

Bel exemplaire rare dans cette condition. Deux titres gravés, 20 figures, 6 vignettes et 33 culs-de-lampe dessinés et gravés à l'eau-forte par Gessner lui-même. Les deux contes qui précèdent les œuvres de Gessner : *Les deux amis de Bourbonne* et *Entretien d'un père avec ses enfants ou du danger de se mettre au-dessus des loix*, sont de Diderot. Ils forment le 1er volume avec les idylles et la lettre de Gessner à Fuslin sur le Paysage. On trouve dans le second volume de nouvelles idylles et le poème *le Premier navigateur*. La liste des souscripteurs à cette belle publication termine le 1er volume. On remarque parmi les amateurs parisiens, de Bersy, maître des requêtes, la princesse de Bouillon, le duc de Caylus, de Farges, le comte d'Hoym, la princesse de Soubise, Mme de Vermenoux, de Villebon, contrôleur du domaine, l'abbé de Vogué, Voltaire, G. Wille, graveur, etc.

67. Id. — Œuvres. *Paris, chès (Le Barbier) l'auteur des Estampes, Veuve Hérissant et Barrois l'aîné* (1786), 3 vol. gr. in-4, veau marbré, fil., d. s. tr.

Très bel exemplaire de cette magnifique édition. Les figures sont avant les numéros. 3 titres différents, 3 frontispices dont celui du second volume renferme un portrait de Gessner, 72 grandes estampes, 4 vignettes et 67 culs-de-lampe. Toutes ces illustrations, qui sont de toute beauté, sont dessinées par Le Barbier et gravées par Baquoy, Dambrun, Delignon, Gaucher, Godefroy, Ingouf, Halbou, Le Beau, Levillain, Longueil, Pauquet, Petit, Ponce, Texier, Thomas, Trière et Viguet.

68. Id. — Œuvres. *Paris, chez Dufart, an V*-1797, 4 vol. in-12, mar. rouge, dent., d. s. tr.

Exemplaire en reliure ancienne, papier vélin. Portrait et 24 figures non signées.

69. Graffigny (Madame de). — Lettres d'une Péruvienne, traduites du français en italien par M. Deodati (texte français en regard). *Paris, de l'imprimerie Migneret*, 1797, gr. in-8, demi-rel., non rogné.

Beau portrait gravé par Gaucher, d'après le tableau original de Mme Helvétius. Six très belles figures de Le Barbier, gravées par Choffard, Gaucher, Halbou, Ingouf le jeune, Lingée et Patas. Les figures des deux premiers graveurs ont une mouillure à la marge facile à enlever.

70. Grécourt. — Contes nouveaux, par M. de G***. *Amsterdam, chez Pierre Mortier*, 1745, 4 parties reliées en 1 vol. in-12, v. br. — Vergier. Œuvres. *Lausanne*, 1750, 2 vol. petit in-12, v. br.

Un beau frontispice au Grécourt non signé, que l'on peut attribuer à Eisen, 1 fleuron sur les titres des 1re et 2e parties (répété) et un fleuron spécial pour la 4e partie intitulée *Philotanus*, poème. Nouvelle édition augmentée de notes. — Le Vergier a un frontispice de Clavareau, gravé par Fessard.

71. Grécourt (abbé de). — Œuvres diverses. Nouvelle édition, augmentée du Philotanus, de la Bibliothèque des damnés, etc. *Londres (Cazin)*, 1780, 4 vol. in-32, mar. rouge, fil., d. s. tr.

4 jolies petites figures non signées.

72. Guillon (M. N. S.). — Entretiens sur le suicide, ou Courage philosophique opposé au courage religieux, et Réfutation des principes de J. J. Rousseau, de Montesquieu, de madame de Staël, etc., en faveur du suicide. *Paris, an X*, pet. in-12, mar. rouge, d. s. tr.

Bel exemplaire en papier vélin relié par Bozérian. Frontispice fort joli par Monnet avant la lettre, gravé par Gaucher. Ce livre a pour épigraphe l'ordre du jour du 22 floréal de Bonaparte, premier consul. « S'abandonner au chagrin sans résister, se tuer pour s'y soustraire, c'est abandonner le champ de bataille avant d'avoir vaincu. »

73. Hedlinger. — Œuvre du chevalier Hedlinger ou Recueil des médailles de ce célèbre artiste, gravées en taille-douce; accompagnée d'une explication historique et critique et précédée de la vie de l'auteur, dédié à Gustave III, roi de Suède, par Chr. de Mechel. *Basle*, 1776, in-folio, broché.

Titre gravé. Dédicace gravée avec vignette en tête renfermant le portrait de Gustave III. Autre vignette en tête de l'éloge d'Hedlinger par Preisler, 1 joli cul-de-lampe et 40 planches de médailles. Très bel exemplaire de ce recueil estimé.

74. Helman. — Abrégé historique des principaux traits de la vie de Confucius. Orné de 24 estampes. — Faits mémorables des Empereurs de la Chine, tirés des Annales chinoises, dédiés à Madame, ornés de 24 estampes. *Paris, chez l'auteur* (1788), 2 vol. in-4, reliés en 1, dos et coins mar. rouge, tête dor.

Bel exemplaire provenant de la bibliothèque Paillet. 24 estampes par volume et 24 feuillets. Le texte gravé. Ces deux ouvrages sont toujours réunis.

75. Histoire d'Angleterre représentée par figures accompagnées de discours (par Le Tourneur et Guyot). *Paris, chez F. A. David*, 1784, 2 vol. in-4, v. br.

2 titres gravés et 98 figures gravées par David et sous sa direction. Binet, Gois, Monnet ont collaboré à ces illustrations.

76. Hurtado de Mendoza. — Aventures et Espiègleries de Lazarille de Tormes, écrites par lui-même. *Paris, imprimerie de Didot jeune, an IX*, bas. brune.

Figure avant la lettre. La planche 17 du 1er volume manque, mais la figure 17 du 2e volume, qui est découverte et qui pour ce motif a été enlevée de beaucoup d'exemplaires, s'y trouve. La reliure est fatiguée.

77. Jauffret. — Les Charmes de l'enfance et les Plaisirs de l'amour maternel. 5e édition. *Paris, Didot jeune*, 1796, 2 vol. in-12, mar. rouge, fil., d. s. tr.

Exemplaire en belle ancienne reliure. Papier vélin, frontispice et 5 figures de Monnet, gravées par de Launay, Gaucher (2) et Ingouf (1). Ces illustrations, qui sont très jolies, sont avant la lettre. La 1re planche du 2e volume *les Pommes* a malheureusement une déchirure, mais rien n'y manque, et elle peut être réparée.

78. Jombert. — Catalogue de l'œuvre de Ch. Nic. Cochin fils. *Paris, Prault*, 1770, in-8, demi-rel. v. f. — Catalogue raisonné de l'œuvre de Sébastien Le Clerc, dessinateur et graveur du cabinet du Roi (1650-1714), avec la vie de cet artiste. *Paris*, 1774, 2 vol. in-8, veau marbré. — Regnault. — Catalogue raisonné d'un choix précieux de dessins et d'une nombreuse et riche collection d'estampes... qui composaient le cabinet de feu P. Fr. Basan. *Paris, an VII*, in-8, bas., d. s. tr.

Le premier de ces catalogues contient la signature de Favart sur le titre; il a un fleuron et une vignette renfermant le portrait médaillon de Cochin, dessiné et gravé par Prévost. — Le 2e a un beau frontispice dessiné par Jombert, gravé par Prévost, et l'on trouve dans le 3e un frontispice de Choffard et une vignette du même avec le portrait de Basan. Ces illustrations se trouvent reproduites dans le *Dict. des Graveurs* de Basan (voir n° 9).

79. La Borde. — Essai sur la Musique ancienne et moderne. *Paris, imprimerie de Pierre, se vend chez Onfroy*, 1780. 4 vol. in-4, veau fauve, fil., d. s. tr.

Six jolies vignettes en tête des principaux chapitres, 59 figures et un grand nombre de feuillets de musique gravée. L'abbé Rousier a collaboré à cet ouvrage et les meilleures parties lui sont attribuées. On trouve à la fin du 4e volume une notice de l'abbé Rive sur un Ms. de la bibliothèque du duc de La Vallière, contenant les Poésies de Guillaume de Machau et une lettre du même sur la formule *Nos Dei gratia*.

80. La Chau (abbé de). — Dissertation sur les Attributs de Vénus, qui a obtenu l'accessit au jugement de l'Académie royale des Inscriptions et Belles-Lettres. *Paris*, 1776, in-4, mar. La Val. jans., d. s. tr.

Magnifique exemplaire relié par Gruel. On y a joint les deux épreuves de la Vénus Anadyomène du Titien, gr. par A. de St-Aubin, *avec* et *avant* la coquille et la bordure. Cette dernière est très rare. Ce volume renferme en outre une vingtaine de jolies eaux-fortes tirées dans le texte, et un ravissant cul-de-lampe représentant Vénus. Toutes ces illustrations sont dessinées et gravées par A. de St-Aubin. Cette dissertation, adressée à Voltaire, a valu à l'abbé La Chau une très jolie lettre, à laquelle nous empruntons les passages suivants (21 mars 1776):

Monsieur, après avoir lu votre *Vénus*, j'ai dit entre mes dents :

> Intermissa, Venus, diu
> *Tandem* bella moves? *Incipe*, dulcium
> Mater *grata* cupidinum,
> Circa *centum hiemes* flectere mollibus,
> *Heu*, durum imperiis.

Je vous rends mille actions de grâces, monsieur, de m'avoir fait l'honneur de m'envoyer votre dissertation. Votre *accessit*, selon moi, signifie *accessit ad Deæ templum*.

. . . .

Votre ouvrage, monsieur, est utile et agréable. Je vous sais bon gré de l'avoir orné de monuments très instructifs. Votre Vénus émergente est admirable; et, pour votre *Callipyge* :

> En voyant cette belle estampe,
> Tout lecteur est bien convaincu,
> Lorsque Vénus montre son cu,
> Que ce n'est pas un cul-de-lampe.

81. Laclos (Choderlos de). — Les Liaisons dangereuses, ou Lettres recueillies dans une société et publiées pour l'instruction de quelques autres, par C. de L***. *Genève*, 1792, 4 vol. in-18, brochés.

Bon exemplaire (le nom de l'auteur est écrit à l'encre sur le titre du 1er vol.). Huit très jolies figures, dessinées par Le Barbier, gravées par Dambrun, Delignon, Halbou, Simonet et Thomas. Belles épreuves de ces illustrations recherchées. Ce roman a été ainsi apprécié en l'an VII : « Le poison séducteur que respire ce livre est d'autant plus subtil et dangereux qu'il est « revêtu du charme, des grâces et de toute la magie du stile. Il « est prouvé qu'il a fait plus de mal aux mœurs depuis quelques années (la 1re édition est de 1782) que n'en ont fait dans « un siècle entier toutes les productions de ce genre. L'infâme « roman de *Justine* est le seul qui lui dispute à peine la criminelle supériorité dans le nombre de ses victimes. »

82. Id. — Les Liaisons dangereuses. Lettres recueillies dans une société et publiées pour l'instruction de quelques autres, par C*** de L***. *Londres*, 1796, 2 vol. in-8, bas. fauve, d. s. tr.

Deux frontispices et 13 figures de Monnet et de Mlle Gérard. Bonnes épreuves. Exemplaire du premier tirage de cette édition si recherchée pour ses illustrations.

83. La Fargue. — Nouvelles Œuvres. *Londres et se*

trouve, à Paris, chez Couturier, 1774, in-8, cart., dos toile, non rogné.

Un frontispice, 4 figures et 6 vignettes, dessinés par Bidault et gravés par Mme Lingée, Le Roy, Billé, Mme Ponce de Lignon et Chatelain. Ces illustrations ornent un poème sur *la Navigation* et *les Agréments de la campagne*, poème en 3 chants.

84. La Fontaine. — Fables choisies. Nouvelle édition, gravée en taille-douce. Les figures par le sieur Fessard, le texte par le sieur Montulay. Dédiées aux Enfans de France. *Paris, chez l'auteur*, 1765, 6 vol., veau porp., fil., d. s. tr.

Bon exemplaire de cette édition entièrement gravée. 250 figures, y compris les titres et le frontispice, et 450 vignettes et culs-de-lampe. Ces illustrations, au nombre de 700, ont été gravées d'après les dessins de Bardix, Bidault, Caresme, Desrais, Houël, Huet, Kobell, Leclère, Leprince, Loutherbourg, Meyer et Monnet.

85. Id. — Fables avec figures. *Paris, chez Bossange, an IV*, 4 vol. in-8, veau porp., fil., d. s. tr.

Bon exemplaire en papier vélin. Un frontispice et 274 figures. Toutes ces illustrations, dessinées par Vivier, ont été gravées par Simon et Coiny. Ces petites figures, quoique d'un second tirage (le premier est de 1787), sont très bonnes d'épreuves.

86. Id. — Contes et Nouvelles en vers. *A Londres*, 1743, 2 vol. pet. in-12, mar. rouge, fil., d. s. tr.

Jolie reliure ancienne, qui peut être attribuée à Padeloup, dos orné de fleurs de lis. Deux jolis fleurons sur les titres, *le Calendrier des Vieillards* et *le Cuvier*, beau frontispice : La Fontaine, inspiré par la lecture de Boccace et de l'Arioste, écrit ses Contes.

87. Id. — Contes et Nouvelles en vers. *Paris, Leclère fils*, 1861, 2 vol. gr. in-18, brochés. — Contes et Nouvelles en vers, par Voltaire, Vergier, Senecé, Perrault, Moncrif et le P. Ducerceau. *Paris, Leclère fils*, 1862, 2 vol. gr. in-18, brochés.

Très jolie réimpression du *Recueil des meilleurs Contes en vers* de 1778, tirée à 100 ex. numérotés (n° 65). Les ravissantes vignettes de Duplessis-Bertaux ont été habilement retouchées, et cette réimpression est la seule dont un amateur sérieux puisse se contenter à défaut de l'édition originale. Tous les jolis volumes que M. Leclère a édités il y a vingt ans, avec autant d'intelligence que de goût, ont dépassé plusieurs fois leur prix de publication, mais ce n'est pas lui qui en a profité. Il en est de certains éditeurs comme des inventeurs : ils sèment mais ne recueillent jamais.

88 Id. — Les Amours de Psyché et de Cupidon. *Paris, Dufart*, 1793, n-12, veau porp., fil., d. s. tr.

4 figures non signées, 2 sont avant la lettre. Papier vélin.

89 La Place (de). — Collection de Romans imités de l'anglais. *Paris, chez Cussac, libraire*, 1788, 8 vol in-8, cart., non rognés.

Bon exemplaire. 20 jolies figures de Borel, gravées par Berthet, G. L. Biosse, Dambrun, Delignon, Giraud l'aîné et Giraud jeune, J. J. Hubert (3), Huot, Le Roy (2), Marchand (4), Maillet, G. L. Petit et Viguet. *Oronoko* a deux figures ; *Cécile*, 2 ; *l'Orpheline anglaise*, 3 ; *les Deux Mentors*, 2 ; *Lydia*, 3 ; *Tom Jones*, 6 ; *le Vieux baron anglais*, 1, et *l'Anecdote singulière concernant Henri IV*, 1.

90. Id. — L'Orpheline anglaise ou Histoire de Charlotte Summers, imitée de l'anglais. *Paris, Bleuet, an VIII*, 4 vol. pet. in-12, mar. citron, fil., d. s. tr.

Très bel exemplaire en papier vélin et en ancienne reliure. 4 fort jolies figures de Borel, gravées par de Launay.

91. Leclerc (J. B.). — Mes promenades champêtres ou Poésies pastorales. *Paris, de l'imprimerie de Monsieur (Didot)*, 1786, in-8, cart., non rogné. — Idylles et Contes champêtres. Nouvelle édition. *Paris, an VI*, 2 vol. in-12, brochés.

Le premier de ces ouvrages a un très joli frontispice, dessiné par Marchand et gravé par Longueil ; le 2ᵉ a cinq figures de Monnet, gravées par Copia et 22 pages de musique gravée. Idylles en prose et en vers à l'imitation de Gessner.

92. Le Sage. — Le Bachelier de Salamanque ou Mémoires de D. Chérubin de la Ronda, tirés d'un manuscrit espagnol. *Paris, chez Valleyre et Gissey*, 1736, in-12, veau brun.

Edition originale, rare et recherchée. 1 frontispice et 3 figures. Mouillures.

93. — Histoire de Gil Blas de Santillane. *Paris, Didot jeune, an III*, 4 vol. in-8, dem.-mar. rouge.

Bel exemplaire sur grand papier vélin, provenant de la bibliothèque Guntzberger, nᵒ 768. Cent très jolies figures de Bornet, Charpentier et Duplessis-Bertaux, gravées avec une grande légèreté par Hubert; elles sont fort belles d'épreuves et avant la lettre.

94. Id. — Histoire de Gil Blas de Santillane. *Londres, chez Longman,* 1809, 4 vol. in-8, mar. rouge, large dentelle de pampres sur les plats, d. s. tr.

Bel exemplaire de cette édition recherchée pour ses illustrations. Reliure anglaise du temps d'une grande fraîcheur. 24 figures par Smirke, gravées par C. Armstrong, J. Eitler, R. Golding, J. Neagle, J. Parker, A. Raimbach, A. Smith et C. Warren. Le texte est bien imprimé.

95. Id. — Gil Blas von Santillana, mit anmerkungen zum besseren verstændnisse dieses interessanten Romans von W. Ch. Mylius. Neue unverænderte Ausgabe. *Leipsig,* 1821, 6 vol. pet. in-8, brochés.

14 figures, dessinées par Chodowiecki et gravées par W. Jury. Les figures originales ont été publiées pour la première fois en 1798, à Berlin. Ces illustrations sont traitées avec beaucoup d'humour et méritent, ainsi que celles de Smirke, d'être collectionnées par les amateurs français.

96. Le Lit de noce ou les Nuits du docteur pyrico-proto-Patouphlet. Livre comique et cependant médico-philosophique, traduit tout nouvellement de la langue gasconne par un berger d'Arcadie. *S. l.*, 1791, in-8, 104 p., dos veau fauve, non rogné.

Très jolie figure de Le Barbier, gravée par Masquelier; elle est ajoutée, car elle ne se rapporte pas au texte. — Facétie très rare qui rappelle, par certains côtés, *le Sopha* et *les Bijoux indiscrets*. L'auteur, après avoir étudié Swedenborg et St-Martin, trouve le secret de faire parler les êtres inanimés, et il en use pour rendre babillards les bois de lit des pays froids et des pays chauds; ces indiscrétions sont parfois très scabreuses. Ce petit roman est suivi d'une autre pièce : *Les petites têtes sous les grands bonnets, pour servir de suite aux rêveries du Docteur.* Bonnets de procureurs, de maris, de célibataires, de philosophes, de coquettes, de courtisanes et de dévotes sont passés en revue.

97. Longus. — Les Amours pastorales de Daphnis et de Chloé, traduites du grec par Amyot. *Paris, Didot l'aîné,* 1800, gr. in-4, mar. rouge, dos orné, plats richement ornementés, large dentelle intérieure, dor. s. tr., étui.

Splendide exemplaire dans une des plus jolies reliures de Capé, avec l'*ex-libris* de Thomas Westwood (*Deus fides fortitudo*)

Papier vélin, 9 figures, 3 par Prudhon, gravées par B. Roger, 6 par Gérard, gravées par Godefroy, Marais et Massard. Les épreuves, de toute beauté, sont avant la lettre et les numéros, et les légendes sont tirées à part sur les feuillets de garde.

98. Id. — Daphnis et Chloé ou les Pastorales de Longus, trad. du grec par J. Amyot. Nouvelle édition corrigée et complétée. *Paris, Leclère,* 1863, in-8, broché.

Un des six exemplaires sur papier de Chine (n° 4). Très jolie édition de la collection Leclère (voir le n° 87), précédée d'une lettre écrite par M. C. G. de L. (C. Girault de l'Institut.) On trouve dans ce volume une vignette de Wille, 3 vignettes d'Eisen et 5 ravissants culs-de-lampe dont un tiré à part. L'un de ces titres a un fleuron de Wille, gravé par Longueil, et le second titre reproduit le joli portrait d'Amyot de St-Aubin, de l'édition de 1803.

99. Lorris (Guil.) et Jehan de Meung. — Le Roman de la Rose. Nouvelle édition, par Méon. *Paris, Didot l'aîné,* 1814, cart., n. rog.

Bel exemplaire. Portrait de J. de Meung non signé et 5 figures de Monnet, gravées par Patas et Demonchy. On a ajouté à cet exemplaire un second portrait de J. de Meung, dessiné par Langlois du Pont de l'Arche et gravé par Girardet.

100. Lucrèce. — De Rerum natura Libri VI. *Patavii,* in-8, veau por., fil., d. s. tr.

Frontispice par Eisen, gravé par Le Mire, 6 jolies figures d'une grande finesse d'exécution, dessinées par Cochin (5) et Le Lorrain (1), et gravées par Aliamet, Tardieu, Le Mire (2) et Sornique (2).

101. Id. — De la Nature des choses, traduction par La Grange. *Paris, chez Bleuet, an III,* 2 vol. gr. in-8, dos et coins cuir de Russie, non rognés.

Bel exemplaire en grand papier vélin. Un frontispice et 6 figures (de Monnet) avant la lettre et avant les noms des artistes; elles n'ont que le numéro du chant à la pointe sèche.

102. Maréchal (Sylvain). — Bibliothèque des Amans. *A Gnide et à Paris, chez la Vve Duchesne, au Temple du Goût,* pet. in-12 carré, bas., d. s. tr.

Recueil peu commun d'odes érotiques, à l'imitation des pièces de l'Anthologie grecque. Titre gravé non signé, sans doute par Marillier. Ce volume, dédié à d'Ansse de Villoison, a dû paraître en 1770 ou 1771, et non en 1763, ainsi que l'indique Barbier. Maréchal est né en 1750, et ce n'est pas à treize ans qu'il a composé ce livre.

103. Id. — Le Panthéon ou les Figures de la Fable avec leurs historiques. *Paris,* 1796, gr. in-8, broché.

Livre rare, orné de 24 gravures, dont 3 seulement portent le nom des graveurs Devisme et Fortier. On y trouve l'Amour, Amphitrite, Apollon et les Muses, Bacchus, Bellone, Cérès, Diane, Erigone, Eole, Ganymède, les Grâces, Hébé, Iris, Junon, Jupiter, Mars, Mercure, Neptune, Pluton, Proserpine, Pallas, Saturne et Vulcain.

104. Marguerite de Navarre. — Heptaméron français. Les Nouvelles de Marguerite de Navarre. *Berne, chez la nouvelle Société typographique,* 1780-1781, 3 vol. in-8, mar. bleu, dos orné, des fleurs de lis et le chiffre de la Reine sur les plats, d. s. tr.

Bel exemplaire dans une jolie reliure de David. Frontispice par Dünker, 73 figures dessinées par Freudenberg, gravées par Guttenberg, Halbou, Henriquez, de Launay jeune, de Longueil, le Roy et Mme Duflos née Thiébault, 72 vignettes dessinées par Dünker et gravées en partie par lui-même et par Eichler, Pillet et Richter. Belles et bonnes épreuves.

105. Marmontel. — Contes moraux. *Londres (Cazin),* 1780, 3 vol. in-18, mar. rouge, fil., d. s. tr.

Bel exemplaire en reliure ancienne très fraîche. Portrait. Titre, frontispice et 23 figures, petites réductions des gravures de Gravelot.

106. Martinet. — Suite complète des six figures pour la comédie mêlée d'ariettes : *Annette et Lubin,* de Favart, représentée en 1762 aux Italiens, gr. in-8.

Cette suite rarissime ne se rencontre jamais dans les exemplaires de cette comédie, quoique les figures portent au haut des cadres l'indication des pages où elles doivent être placées. — La légende de la 1re figure (p. 21)

Chère Annette, reçois l'hommage
Que chaque jour te rend mon cœur,

est suivie de la dédicace suivante : « Dédié à M. de la Ferté, intendant et contrôleur des Menus-Plaisirs de Sa Majesté, par son très humble et très obéissant serviteur Martinet. »
Les figures 2 et 3 (pages 23 et 39) sont dessinées par Martinet et gravées par Thérèse Martinet, la 4e (p. 52) n'est pas signée et les 5e et 6e (p. 63 et 72) sont dessinées et gravées par Patas et Duhamel.

107. Mercier. — Tableau de Paris ou Explication des différentes figures gravées à l'eau-forte pour servir aux

différentes éditions du Tableau de Paris, par M. Mercier. *Yverdon*, 1787, in-8, demi-rel.

Frontispice avec cette légende à la pointe sèche : « Rembrunissons nos pinceaux, broyons du noir, » et 95 figures d'une grande originalité. Bien que deux seulement soient signées, il n'est pas douteux que toutes ont été dessinées et gravées par Dünker. Les figures : les Libraires, les Bouquinistes, Paris à 9 heures du soir, la Toilette secrète, Portraits de filles, les Latrines publiques, le Triomphe de Voltaire, etc., sont très curieuses.

108. Mercier (de Compiègne). — Manuel des Boudoirs ou Essais érotiques sur les demoiselles d'Athènes, ouvrage plus moral qu'on ne pense, tiré en partie du portefeuille secret du secrétaire grec du Scythe Anacharsis. *A Cythère avec licence des Amours, l'an des Plaisirs de la Liberté*, 1240 (*Paris*, 1787), 4 vol. in-18, veau rose, fil.

Quatre figures dessinées par Bornet, gravées par Croutelle, les deux premières seules signées. Ce recueil curieux, rare et recherché, renferme les Dialogues de Lucien sur les courtisanes, une série de petites pièces sur les femmes : la Galanterie, l'Adultère, le Célibat, le Divorce, la Nymphomanie, la Prostitution. On y trouve aussi les Lettres galantes d'Aristenète, le poème de Frascator, la Syphilis et une notice sur Marion de Lorme et Ninon de Lenclos.

109. Id. — Les Concerts républicains ou Choix lyrique et sentimental. *Paris, Louis, an III*, in-18, dos et coins mar. bleu, tête dorée. — La Lyre de la Raison, ou Hymnes, Cantiques, Odes et Stances à l'Etre suprême pour la célébration des fêtes décadaires de l'an III de la République. *Paris, an III*, in-18. demi-rel.

Un joli titre gravé, frontispice : la Liberté guide nos pas, et 2 figures : le tombeau du jeune Sylvain et le serment des Français. Ces illustrations sont toutes dessinées et gravées par Quéverdo. *Les Concerts républicains* sont un recueil de petites pièces dialoguées, dans lesquelles Mercier a intercalé *le Chant du départ* et un grand nombre d'autres hymnes patriotiques. — Le second volume a un frontispice du même artiste : « Offrons nos cœurs à l'Eternel ! »

110. Milon. — L'Eventail ou Zamis et Delphire, poème en 4 chants. *Londres et Paris, chez la Vve Duchesne*, 1780, in-8, veau brun. — La Guzmanade ou l'Etablissement de l'Inquisition, poème en

12 chants. *Amsterdam, chez Marc-Michel Rey*, in-8, veau brun.

L'Eventail a un titre frontispice gravé par Boulland. La *Guzmanade*, attribuée à Mirabeau, a une figure qui n'a aucun rapport avec le volume; elle est signée W. Watteau, et porte au haut du cadre le nº VIII.

111. Montesquieu. — Arsace et Isménie, histoire orientale. *Londres et Paris, chez Debure (imp. Didot)*, pet. in-12, mar. rouge, fil., d. s. tr.

Charmante édition, ornée d'un portrait dessiné par Benoist, et de 2 jolies figures de Le Barbier, gravées par Courbe et Patas.

112. Id. — Le Temple de Gnide. *Paris, de l'imprimerie de Didot jeune, an III*, gr. in-8, mar. rouge, fil., dent. int., d. s. tr.

Bel exemplaire en reliure de l'époque. On y trouve en bonnes épreuves le frontispice et les 9 figures d'Eisen, gravées par Le Mire, de l'édition de 1772, plus deux figures de Le Barbier, gravées par Le Mire et Thomas, pour le petit roman *Arsace et Isménie*, ajouté à cette édition.

113. Id. — Le Temple de Gnide. *Paris, Didot jeune, an III*, pet. in-12, mar. vert, fil., encadrements sur les plats, d. s. tr.

Papier vélin, joli portrait de l'auteur par A. de St-Aubin sur le titre, et 10 charmantes figures dessinées par Regnault, gravées à l'eau-forte par Bertaux et terminées par de Ghendt, Baquoy, Halbou, Lingée, Patas et Ponce. Deux de ces figures appartiennent à *Céphise et l'Amour*.

114. Id. — Le Temple de Gnide. *Paris*, 1797, in-8, vélin blanc, non rogné.

Papier vélin. 3 figures de Clavareau, 2 pour *le Temple de Gnide*, chants II et VI, et une pour *Céphise*.

115. Morel de Vindé. — Primerose. *Paris, Didot l'aîné*, 1797, in-18, veau rose, fil. — Zélomir. *Paris, Didot l'aîné*, 1801, in-18, cart., non rogné.

Ces deux petits romans sont recherchés pour les jolies figures de Lefebvre. Les épreuves du premier sont très bonnes, mais l'exemplaire est court de marges. *Zélomir* n'a que 4 figures au lieu de 6.

116. Morlière (de la). — Angola, histoire indienne. Ou-

vrage sans vraisemblance. *A Agra, avec privilège du Grand Mogol (Paris)*, 1748, 2 parties en 1 vol. in-12, v. brun.

Deux titres gravés contenant chacun une jolie vignette. L'une est signée : Tardieu de la Montagne sc. Edition peu commune de cette fiction libertine dédiée aux petites maîtresses parisiennes, les contemporaines de Mme de Pompadour. Ce roman eut un succès si grand qu'il fut attribué à Crébillon le fils. M. Ed. Thierry l'a ainsi caractérisé : « Le livre des jolis boudoirs, le manuel charmant de la conversation à la mode. »

117. Musée. — Héro et Léandre, poème nouveau en trois chants, traduit du grec, sur un manuscrit trouvé à Castro, auquel on a joint des notes historiques. *Paris, Didot l'aîné, an IX*-1801, in-4 dos mar. cit., non rogné.

Frontispice et 8 estampes en couleur par Debucourt. On a ajouté à cet exemplaire, qui provient des bibliothèques Pixérécourt et Em. Martin, deux épreuves de la belle gravure anglaise de Kellavay, d'après Delorme (en noir et en couleur). Ce poème n'est pas une traduction, dit Pixérécourt, de celui de Musée, nous avons lieu de croire que c'est une composition du chevalier de Querelles (voir n° 1350).

118. Noël. — Erotopœgnion, sive priapeia veterum et recentiorum. Veneri jocosæ sacrum. *Lutetiæ Parisiorum, apud Patris, anno reip. VI*, in-8, broché.

Bel exemplaire de ce célèbre et curieux recueil de Priapées, publié par Noël, alors chef de division au ministère de l'intérieur et plus tard inspecteur général à l'Université. Des innombrables ouvrages qu'il a composés, traduits, revus ou édités, les amateurs ne recherchent plus que *l'Erotopœgnion*, le Facetiorum Poggii libellus (1799) et la *Lettre sur l'antiquité du bonnet rouge comme signe de liberté* (1793).

119. Nicolaï. — Das Leben und die Meinungen der Herrn Magister Sebaldus Volhander. Zweite verbesserte Auflage. *Berlin und Stettin bey F. Nicolai*, 1774-76, 3 vol. in-12, demi-rel.

Douze jolies figures d'une grande originalité, dessinées et gravées par Chodowiecki. Roman satirique et humoristique dirigé contre Kant. La *sensiblerie* qui régnait alors dans la plupart des œuvres littéraires allemandes y est l'objet de critiques plaisantes et ingénieuses.

120. Nogaret. — Le Fond du sac ou le Restant des babioles de M. X***, membre éveillé de l'Académie des Dor-

mans. *A Venise (Paris, Cazin). chez Pantalon-Phébus*, 1780, 2 vol. in-18, veau br., *aux armes*.

Bel exemplaire, frontispice et 8 ravissantes vignettes attribuées à Duplessis-Bertaux. On trouve dans ces deux jolis volumes une *Epitre à l'hiver, l'Origine de l'Eventail, la Main chaude*, des pièces fugitives et le conte *Roger Bontemps ou les Œufs cassés :*

Toutes les femmes sont des poules
Et tous les hommes sont des sots.
Parlons un peu des jolis moules
D'où nous savons que sont éclos
Si peu d'esprits et tant de sots.

Les armes dont les plats de ces jolis volumes sont ornés ont pour devise : *Offero meum cor.*

121. Id. — La Terre est un animal, opuscule philosophique. *Versailles, an III*, xx-103 p., pet. in-12 carré, broché.

Très jolie vignette que l'on peut attribuer à Duplessis Bertaux ; elle représente les Grâces faisant la toilette d'Eriphile, courtisane philosophe. Ce petit volume est très rare, et il mérite, par sa vignette autant que par sa donnée aussi ingénieuse qu'originale, de prendre place à côté du *Fond du sac.*

122. Ovide. — Les Métamorphoses d'Ovide, traduites en vers avec des remarques et des notes par M. Desaintange. Nouvelle édition, ornée de 141 estampes. *Paris, imprimerie Crapelet*, 1808, 4 vol. in-8, bas. rouge.

Ovide ne peut plus envier à Virgile le bonheur d'avoir trouvé un traducteur français, a-t-on écrit lorsque parut cette traduction. Portrait de Desaintange d'après François, et 140 figures de Boucher, Moreau, Eisen, etc. Quoique ces planches aient été nouvellement tirées sur les anciens cuivres, les épreuves en sont bonnes.

123. Palissot. — Œuvres. Nouvelle édition, considérablement augmentée, enrichie de figures. *Liège, chez Clément Plomteux*, 1777, 7 vol. in-8, veau f., fil.

Bon exemplaire. Beau portrait, gravé par Choffard d'après Monnet. 18 figures, 8 par Méon, pour le théâtre : Ninus, Barbier de Bagdad, les Méprises, les Lecteurs, le Cercle des Originaux, les Philosophes, l'Homme dangereux, les Courtisanes. Ces illustrations sont gravées par Th. Martinet. — 10 figures pour *la Dunciade*, signées Monnet, sans nom de graveur. Les tomes IV à VII n'ont pas de gravures.

124. Parny. — Opuscules poétiques. *Amsterdam*, 1779, in-8, broché.

Cinq jolies figures de Monnet, gravées par Anselin, 2 seulement sont signées. La première, pour la pièce la Frayeur, est fort jolie, celles pour la Journée champêtre, le Promontoire de Leucade et les Fleurs méritent aussi d'être signalées.

125. Id. — Opuscules. 4e édition. *Paris, Hardouin*, 1782, 2 vol. in-18, v. por., fil., d. s. tr.

2 titres gravés (le même pour chaque volume) et les mêmes figures que ci-dessus; bonnes épreuves.

126. Petit Neveu de Boccace (le) ou Contes nouveaux en vers. Nouvelle édition, revue, corrigée et considérablement augmentée. *Avignon*, 1781, in-8, veau marbré.

Un frontispice, une figure et 4 vignettes dessinées par Desrais; illustrations originales. Ces contes ont été attribués par Barbier d'abord à Willemain d'Ablancourt, et ensuite à Plancher-Valcour. M. E. Castaigne, bibliothécaire d'Angoulême, prétend que les initiales Pl. D. désignent Pluchon-Destouches, lieutenant criminel du bailliage de Cognac, qui devint après la Révolution président du tribunal de Barbézieux, 1804-1819. (Voir *le Bulletin du Bouquiniste*, du 15 juin 1862.)

127. Piis (de). — Contes nouveaux en vers. *Londres et Paris, chez Manory. S. d.* (1779), 2 vol. in-12 en 1, demi-rel. — L'Harmonie imitative de la langue française, poème en 4 chants. *Paris, impr. Pierres*, 1785, pet. in-8, demi-rel.

Ces contes, intitulés *les Augustins*, sont amusants et spirituels; ils renferment deux très jolis titres frontispices très appréciés des collectionneurs de vignettes. Le second volume contient un beau portrait de l'auteur, gravé par Gaucher d'après François, qui ne laisse rien à désirer comme épreuve. On trouve dans *l'Harmonie imitative* des vers qui ont été l'objet de vives critiques :

Le Q, traînant sa queue et querellant tout bas,
Vient s'attaquer à l'U qu'à chaque instant il choque,
Et sur le ton du K calque son ton baroque.

128. Les Plaisirs de l'amour ou Recueil de Contes, Histoires et Poèmes galans. *Chez Apollon au Mont-parnasse* (*Paris, Cazin*), 1782, 3 vol. in-18, brochés.

Recueil très recherché et bien composé. Exemplaire tiré sur papier petit in-8. Un frontispice et 17 petites figures non signées, mais que l'on peut attribuer à Desrais et à Duplessis-Bertaux. Chaque pièce a sa figure. 1er vol. L'Amour oiseleur, les Dévirgineurs, les Cerises, Alphonse, Euphrasie (prose), le Paysan qui avait accusé son seigneur. 2e vol. Parapilla, Joconde, Rosine, les Trois manières, le Mal d'aventure. 3e vol. Vert-Vert, Camille, Ce qui plaît aux dames, la Fiancée du roi de Garbe, le Petit chien qui secoue l'argent, le Savetier. Comme on le voit par ces titres, La Fontaine, Vergier, Voltaire, Gresset, Borde, etc., ont fait les frais de ces jolis volumes.

129. Prévost (abbé). — Le Doyen de Killerine, histoire morale, composée sur les Mémoires d'une illustre famille d'Irlande, et ornée de tout ce qui peut rendre une lecture utile et agréable. Nouvelle édition. *Paris, Delalain*, 1772, 6 parties en 3 v., v. br.

6 figures; 3 dessinées par Watteau sont gravées par Le Roy et Liénard (2), les 3 autres ne portent que la signature du graveur, D. Wallaert.

130. Le Prix de la Beauté ou les Couronnes. Pastorale en 3 actes et un prologue, avec des divertissements sur des airs choisis et nouveaux. *Paris, chez de Lormel*, 1760, IV-64 p. et 1 feuillet d'errata, pet. in-4, veau brun.

Titre dessiné par Martinet, écrit par Meunier et gravé par Thérèse Martinet. Dédicace à la princesse de Gallicin, avec ses armes en tête, lettre ornée, 4 grandes et belles compositions gravées par Martinet et sans doute dessinées par lui, et un cul-de-lampe gravé par M. Martinet. A la fin du volume, 18 feuillets de musique gravée, précédés du 1er titre répété, (4 pour le prologue, 5 pour le 1er acte, 5 pour le 2e et 4 pour le 3e.)

Livre très rare, la reliure est fatiguée, mais l'exemplaire est bon et les figures sont très belles d'épreuves. Cette pastorale n'a pas été représentée, elle a été composée par Gondot, commissaire des guerres, secrétaire des maréchaux de France et des gardes françaises.

131. Racine. — Œuvres. *A Paris (imprimerie Le Breton, imprimeur ordinaire du Roi)*, 1760-62, 3 vol. gr. in-4, mar. vert, fil., d. s. tr. (ancienne reliure.)

Beau portrait par Daullé. 3 fleurons sur les titres, 12 figures, 13 vignettes en tête et 10 culs-de-lampe. Toutes ces belles illustrations sont dessinées par De Sève et gravées par Aliamet, Baquoy, Chevillet, J. J. Flipart, Lempereur, Le Mire, Sornique et Legrand.

132. Id. — Œuvres complètes. Nouvelle édition. *Paris, imprimerie Didot jeune, chez Deterville, an IV-1796*, 4 vol. in-8, veau, d. s. tr.

Bon exemplaire sur papier vélin. Portrait gravé par C. S. Gaucher, d'après Santerre. 12 figures par Le Barbier, gravées par Dambrun (4), Dupréel, Gaucher, Halbou, V. Langlois, Mariage, Patas, Romanet, N. Thomas. Ces illustrations, qui sont fort belles, sont toutes avant la lettre, et les légendes se trouvent imprimées sur les feuillets de garde.

133. Id. — Œuvres. *Paris, Pierre Didot l'aîné, an IX-1801-1805*, 3 vol. in-fol., dos mar. violet, coins dorés, non rognés.

Très bel exemplaire de ce chef-d'œuvre de la typographie européenne. Cette édition monumentale, dédiée au général Bonaparte, premier consul de la République française, a été tirée à 250 exemplaires sur grand papier vélin. Le frontispice, dessiné par Prudhon, a été gravé par Marais : « Son Génie et Melpomène le mènent à l'immortalité. » Les figures, dessinées par Chaudet, Gérard, Girodet, Moitte, Serangeli et Taunay, ont été gravées par Baquoy, Beesson, Blot, Chatillon, Coiny, Dupréel, Duval, Fischer, Glaison-Mondet, Langlois, Lavallé, Levillain, Marais, J. Massard, Urb. Massard, Mathieu, Ponce, Prévost, Romanet et Viel. Cette édition a été publiée au prix de 1.200 fr. Les exemplaires avec les figures avant la lettre ont été souscrits à 1,800 fr. L'exemplaire unique, tiré sur vélin, se trouve à la Bibliothèque nationale. Les dessins originaux ont été dispersés.

134. Regnard. — Œuvres. *Paris, chez Maradan*, 1790, 4 vol. in-8, veau fauve, fil., d. s. tr.

Très bel exemplaire. Un portrait sans signature et 12 jolies figures; 9 sont dessinées par Borel, 2 ne sont pas signées, et la dernière, *la Critique du légataire*, est de Bornet. Ces illustrations sont gravées par Croutelle, Halbou, Thomas, Viguet, Duhamel et Le Roy.

135. Restif de la Bretonne. — Le Quadragénaire ou l'Age de renoncer aux passions. Histoire utile à plus d'un lecteur. *Genève et Paris, chez la Vve Duchesne*, 1777, 2 vol. in-12 en 1, mar. rouge, fil., dent., d. s. tr.

Bel exemplaire relié par Chambolle-Duru. 15 figures, la 1re signée Baquoy sc., la 2e Dutertre inv., Baquoy sc., les autres ne sont pas signées. Roman par lettres, qui s'adresse spécialement aux célibataires retardataires, en ce sens, que Restif veut prouver que 40 ans « est l'âge le plus propre à rendre heureuse une jeune épouse. » On sait déjà, et l'on peut encore!

136. Id. — Le Nouvel Abeilard ou Lettres de deux Amans qui ne se sont jamais vus. *Neuchâtel et Paris, chez la Vve Duchesne*, 1778, 4 vol. in-12, veau brun.

Dix belles figures sans nom de dessinateur, dont quelques-unes sont gravées par Mme Ponce, Liebeau et Le Roy. Composition bizarre; Grimm, dans sa Correspondance, a caractérisé ainsi ce roman : « La mise en pratique de l'amour conjugal. Ce sont six « modèles de mariages différents par l'état et la condition des « personnes, par leur caractère et par les circonstances, mais « tous également heureux, ce qui pourra sans doute paraître « assez neuf. »

137. Id. — La Vie de mon père, par l'auteur du Paysan perverti. *Neuchâtel et se trouve à Paris, chez la Vve Duchesne*, 1779, 2 parties in-12, demi-rel.

2 frontispices, 12 figures et, sur les titres, 2 portraits-médaillons : Edme Retif, clerc de procureur à 19 ans, et Barbe Ferlet à 17 ans. « Le chef-d'œuvre de l'auteur, a dit Girault de Saint-Fargeau, aucune tache ne le dépare, délicieuse image de mœurs champêtres, détails d'une naïveté charmante, des traits pleins de sentiment, tout l'ouvrage respire la vertu et l'humanité. »

138. Id. — Le Paysan perverti ou les Dangers de la ville ; histoire récente, mise au jour d'après les véritables Lettres des personnages. *Imprimé à la Haye et se trouve à Paris, chès Esprit*, 1776, 4 vol. — La Paysanne pervertie ou les Dangers de la ville ; histoire d'Ursule R***, sœur d'Edmond, le Paysan, mise au jour d'après les véritables lettres des personnages. *Imprimé à la Haye et se trouve à Paris, chès la Vve Duchesne*, 1784, 4 vol. — Explication des figures de ces deux romans, 1 vol. Ensemble 9 vol. in-12, mar. rouge, filets sur les plats, dentelle int., d. s. tr.

Très bel exemplaire, relié par Chambolle-Duru. 120 figures, 82 pour *le Paysan* et 38 pour *la Paysanne*. La plupart des figures sont dessinées par Binet et gravées par Le Roy, Berthet et Giraud. Le jugement porté par la Harpe sur ce célèbre roman, dans ses Lettres à l'empereur de Russie, est encore exact aujourd'hui : « C'est une suite de tableaux sans ordre et sans liaison, où l'on vous présente tour à tour un mauvais lieu, la prison, la grève, une école de philosophie, une guinguette, un cimetière, une taverne, le salon d'une femme de la cour et le galetas d'une prostituée. Rien n'est digéré, rien n'est bien écrit et cependant, au milieu de ce chaos, on est tout étonné de trouver de la sensibilité et de l'imagination. » Le succès de ce roman a été colossal.

139. Id. — La malédiction paternelle : Lettres sincères et véritables de N****** à ses Parens, Amis et ses Maîtresses, avec les Réponses, recueillies et publiées par Timothée Joly, son exécuteur testamentaire. *Imprimé à Leipsick par Buschel, et se trouve à Paris, chès la Vve Duchesne*, 1780, 3 vol. in-12, mar. rouge, fil., dent., d. s. tr.

Bel exemplaire relié par Chambolle-Duru. Trois ravissantes gravures de Binet et le DESSIN ORIGINAL de l'artiste de la figure du tome IIIe. Ce dessin remarquable d'exécution et de fraîcheur est signé par l'artiste et daté de 1779.

140. Id. — La dernière avanture d'un homme de 45 ans, nouvelle utile à plus d'un lecteur, extraite des Contemporaines. *Genève et Paris, chès Regnault*, 1783, 2 parties en 1 vol., veau porp., fil.

Belles épreuves des 4 figures de Binet. On lit dans la Bibliographie de M. P. Lacroix : « Ce roman, moins soigné que le style « de Manon Lescaut, me semble bien supérieur, sous le rap- « port de l'intérêt, du pathétique et de la vérité, au chef-d'œuvre « de l'abbé Prévost. »

141. Id. — La Prévention nationale, action adaptée à la scène, avec deux Variantes et les Faits qui lui servent de base. *La Haye et se trouve à Paris, chès Regnault*, 1784, 3 vol. en 2, demi-rel.

10 figures non signées, 5 pour *la Prévention nationale* (une par acte), et 5 figures pour les additions à l'œuvre; la Mort héroïque du chevalier d'Assas, Jeanne d'Arc, etc. On trouve à la fin de ce livre une lettre de Voltaire à milord Harvey.

142. Id. — Les Contemporaines ou Avantures des plus jolies femmes de l'âge présent, recueillies par N. E. R. de la B. et publiées par Timothée Joly, de Lyon. *Paris, chez la Vve Duchesne*, 1780-1785. 42 vol. in-12, dos et coins mar. brun, tête dor., non rognés.

Très bel exemplaire relié par Bertrand. 291 figures curieuses et originales. Recueil de plus de 400 histoires morales, mais dont les détails sont parfois licencieux. Aux attaques dont cet ouvrage a été l'objet, Restif répondit : « Pour la prétendue indécence qui a un but moral, qui sert à instruire et à corriger, n'en faites pas un crime à l'écrivain qui a le courage de vous présenter le miroir du vice pour vous en faire voir la difformité. » Il est rare de trouver ces 42 volumes en aussi bonne condition.

143. Richardson. — Clarisse Harlowe, trad. par Le Tourneur. *Genève*, 1785, 14 vol. pet. in-12, dos et coins veau, non rognés.

Portrait gravé par Topfer, d'après Pujos. 21 figures de Chodowiecki, très joliment gravées par F. Schellenberg. Ce sont d'habiles réductions des figures de l'édition in-8.

144. Romans. — Aunillon (abbé). La force de l'éducation. *Londres*, 1750, 2 parties en 1 vol. in-12, veau brun. — Bastide. Les Têtes folles. *Londres*, 1753, in-12, veau brun.

Le premier roman, qui contient un fort joli titre dessiné par Pasquier et gravé par Flipart, a obtenu un grand succès. Raynal, dans ses *Nouvelles littéraires*, en parle et en donne l'analyse. (Voir la *Correspondance de Grimm*, édition Tourneux, tom. Ier, p. 459.) Le second a un joli frontispice non signé; c'est un roman féerique, genre Crébillon le fils.

145. Romans. — (De Beauchamps). Les Amours d'Ismène et d'Isménias. *La Haye*, 1743, in-12, v. br., fil., d. s. tr. — Grasset de St-Sauveur. La Belle Captive ou Histoire du naufrage et de la captivité de Mlle Adeline, comtesse de St-Fargel, âgée de 16 ans, dans une des parties du royaume d'Alger. *Paris*, 1785, in-12, v. por., fil., d. s. tr.

Le premier ouvrage est une traduction libre d'un roman grec d'Eustathe ou Eumathe, écrivain érotique du XIIe siècle; il contient un titre-frontispice et 3 figures. Le second a une jolie figure de Desrais; c'est une nouvelle sur une donnée réelle dans le genre des *Amours du comte de Bonneval*, du même auteur.

146. Romans. — Dumaniant. L'Enfant de mon Père ou les Torts du caractère et de l'éducation. *Paris, an VII*, 2 vol. in-12, brochés. — Narp (Mme de). Edouard et Clémentine ou les Erreurs de la Jeunesse. *Paris, an X*, 3 vol. in-12, brochés.

Le premier de ces romans est d'une grande gaieté, l'auteur passe pour s'être mis en scène. 2 jolies figures de Chaillou, gravées par Bovinet. — Le second est une peinture de *liaisons dangereuses*, destinée à préserver la jeunesse des entraînements du cœur. 3 figures, 2 par Bornet, gravées par Delvaux, la 3e dessinée et gravée par Devillers.

147. Romans. — Nougaret. Les Mœurs du temps ou Mémoires de Rosalie Terval. *Paris, an X*, 4 vol. in-12 en 2, demi-rel., non rognés, mouillures. — Constant de Rebecque. Camille ou Lettres de deux filles de ce siècle, traduites de l'anglais sur les originaux, 2e édition. *Paris, an V*, 4 vol. in-12, demi-rel. — Canolle. Délices de la solitude puisées dans l'étude et la contemplation de la nature, 2e édition. *Paris, an VII*, 2 vol. in-12, demi-rel.

Le 1er ouvrage, 4 figures non signées, assez jolies. Nougaret, au point de vue de la fécondité, peut être comparé à Restif. — Le second a 4 figures, signées Bovinet sc. — Le 3e en a deux, dessinées par Monnet et gravées par Bonnefoy.

148. Romans. — Dorrington. Le Solitaire anglais ou Aventures merveilleuses de Philippe Quarll, trad. de l'anglais. *Paris*, 1793, 2 vol. pet. in-12, brochés. — Mackenzie. Le Fratricide ou les Mystères de Düsseldorf, trad. de l'angl. par Delbare. *Paris, an VII*, 3 vol. in-18, cart. — Gœthe. Werther. *Paris*, 1798, 2 vol. in-18 en 1, dem.-rel. — Tressan. Histoire du Petit Jehan de Saintré et de la Dame des belles cousines. *Paris, an IV*, in-18, broché.

Le 1er a 2 figures de Quéverdo. — Le 2e, 3 figures de Binet, gravées par Bovinet et Mariage (2). — Le 3e, 2 figures de Quéverdo. — Le 4e, 4 figures de Moreau non signées.

149. Romé Delisle (de). — Description méthodique d'une Collection de minéraux, du cabinet de M. D. R. D. L., etc. *Paris, chez Didot*, 1773, in-4, demi-rel. ancienne, dos mar. rouge.

Bon exemplaire. — Beau frontispice composé et dessiné par Monnet et gravé par Aug. de St-Aubin.

150. Rouget de Lisle (Joseph). — Essais en vers et en prose. *Paris, P. Didot l'aîné, an IV*-1796, in-8, dos mar. vert, non rogné. Papier vélin.

Exemplaire au chiffre de M. de Beauchêne. Curieux volume dédié à Méhul, et renfermant, pour la nouvelle *Adélaïde et Monville*, une très jolie figure de Le Barbier, gravée par Gaucher. On y trouve *le Chant des combats, vulgairement l'Hymne des Marseillois*, aux mânes de Sylvain Bailly, daté de « Strasbourg, jour de la proclamation de la guerre; » *le Chant de Roland à Roncevaux*, aux mânes de Frédéric de Dietrich, premier maire de Strasbourg, *le Chant de Thermidor*, aux mânes de Victor Broglio. M. de Beauchêne a écrit une petite pièce de vers sur le feuillet de garde de ce volume, comme sur tous ceux qui ont formé sa bibliothèque révolutionnaire.

On connaît en chaque paroisse
Une hymne, pleine de fureur,
Que chante dans les jours d'angoisse
Le peuple qui croit qu'on le froisse
Dans son bien-être ou son honneur.
Ce chant, comme au tems de Tyrtée,
Lorsque la patrie attristée
Appelle ses fils aux combats,
Devient une hymne militaire
Qui, d'un enthousiasme austère,
Anime le cœur des soldats;
Ce chant, écrit avec la braise,
Bouillonne comme la fournaise;
Il abat comme le canon
Drapeaux prussiens, armée anglaise,
Et joint triomphant et plein d'aise
Le cri de la victoire au nom
De l'auteur de *la Marseillaise*.

A. de Beauchêne.

151. Rousseau (J. J.) — Lettres de deux amans, habitans d'une petite ville au pied des Alpes. *Amsterdam*,

chez M. M. Rey, 1761, 6 vol. pet. in-8, non rognés.

12 figures de Gravelot, gravées par N. V. Frankedaal (10) et Folkema (2).

152. Id. — La Nouvelle Héloïse ou Lettres de deux Amants, habitants d'une petite ville au pied des Alpes, recueillies et publiées par J. J. Rousseau. Nouvelle édition, ornée de 6 figures. *Paris, Bossange*, 1808, 4 vol. in-8, brochés.

Portrait par Degault, gravé par Copia, avec cette légende: *Vitam impendere vero*. 5 jolies figures de Prudhon, gravées par Copia. Celle qui est intitulée : *le Premier baiser de l'Amour*, est un chef-d'œuvre de dessin et de gravure. Le dessin original de cette composition, ravissante de grâce et de sentiment, a figuré à l'exposition de 1875 des œuvres du grand artiste.

153. Id. — Mélanges. *Londres*, 1772 (*Cazin*), 6 vol. in-18, veau, filets, d. s. tr.

Ces volumes renferment la Lettre à M. de Beaumont, les Lettres écrites de la Montagne, la Lettre à d'Alembert, de l'Imitation théâtrale, le Discours à l'Académie de Dijon, les Lettres à Sara, le Lévite d'Ephraïm, la Botanique, l'Origine des langues, les Lettres sur la Musique et le Théâtre. Deux jolies figures de Moreau, gravées par Delvaux pour l'introduction à la Botanique et la comédie : l'Amour de lui-même (t. 5 et 6).

154. Id. — Emile chrétien, consacré à l'utilité publique, par Formey. *Berlin* (*Amsterdam*), *chez Néaulme*, 1764, 4 vol. in-8, non rognés.

Un frontispice et 5 figures, dessinés et gravés par Schley et 5 figures d'Eisen, gravées par Fokke et Schley. Ces dernières sont des reproductions de l'édition originale de l'*Emile*. — Lorsque Néaulme publia l'*Emile*, en 1762, les Etats de Hollande désapprouvèrent cette édition, et l'éditeur n'échappa à une forte amende qu'à la condition d'en donner une expurgée de toutes les *impiétés!* M. Formey, pasteur de l'Eglise de Berlin, fut chargé de châtrer l'œuvre de Rousseau, et celui-ci substitua à la *Profession de foi du Vicaire savoyard* un de ses mauvais sermons. *L'Emile chrétien* tomba sous l'indifférence et le mépris, et l'édition disparut chez l'épicier peu après son apparition. Les exemplaires en sont aujourd'hui fort rares, et c'est leur unique titre à la curiosité des amateurs.

155. Rozoi (de). — Henri IV, drame lyrique en 3 actes. *Paris, chez Vente*, 1774, in-8, vélin blanc, non rogné.

Frontispice dessiné par Gazard, renfermant le médaillon du Roi.

3 figures, par Larrieu (2) et Gazard. Ces 4 planches sont gravées par Patas. Cette pièce eut un grand succès par sa musique et ses marches militaires. Henri IV, trois heures avant Ivry, vient dîner dans un petit château, à deux lieues de son armée, il chante un trio avec deux maréchaux de France, se met à table, court bien vite combattre et, après la bataille, revient encore dans ce même château. — Une mouillure au frontispice.

156. Sacre et couronnement de Louis XVI, roi de France et de Navarre, à Rheims, le 11 juin 1775; précédé de Recherches sur le Sacre des Rois de France, depuis Clovis jusqu'à Louis XV (par Nic. Gobet), et suivi d'un Journal historique de ce qui s'est passé à cette auguste cérémonie (par l'abbé Pichon), enrichi d'un très grand nombre de figures en taille-douce, gravées par le sieur Patas, avec leurs explications. *Paris, chez Vente et chez Patas*, in-4, veau brun, aux armes de France avec fleurs de lis aux coins des plats et entre les nervures, d. s. tr.

Bel exemplaire, rare dans cette condition. Titre gravé et titre-frontispice, 9 belles planches doubles représentant les cérémonies du sacre, 14 vignettes dont 13 en tête des chapitres, 39 planches, personnages en pied dans les différents costumes du sacre, et le plan de Reims, par Coutans, de la congrégation de Saint-Maur. Toutes ces gravures ont été exécutées par Patas, d'après les dessins de Boquet, peintre et inspecteur des Menus-Plaisirs de S. M.

157. Saint-Aubin. — Le Désaveu de la Nature. Nouvelles Lettres en vers. *Londres et Paris*, 1770, in-8, cart. Bradel.

Une figure et 2 vignettes par De Sève, gravées par Massard et Née. Ce sont les plaintes d'un père qui a perdu son fils en le faisant inoculer.

158. Saint-Lambert. — Les Saisons. Poème. *Paris, de l'imprimerie de Didot l'aîné, l'an IV*-1796, gr. in-4, dem.-veau.

4 belles figures avant la lettre de Prudhon, Gérard et Chaudet.

159. Saint-Marc. — Œuvres. *Paris, de l'imprimerie de Monsieur (Didot)*, 1781, 3 vol. in-8, veau porp.

Titre par Eisen, portrait de l'auteur par Danloux et ravissante vignette d'Eisen, les 3 gravés par Gaucher. Au second volume, une très jolie figure de Moreau, gr. par le même pour *Adèle de Ponthieu*, tragédie lyrique, et une vignette de Marillier, gravée par Elluin; au 3e vol., une figure et une vignette de C. N. Cochin, pour la comédie *la Bienfaisance*, gravée par J. J. Le Veau.

160. Scarron. — Le Roman comique. *Paris, de l'imprimerie de Didot jeune, an IV*, 3 vol. in-8, brochés.

Bon exemplaire de ce roman, de beaucoup le meilleur de tous ceux qui ont été publiés au XVIIe siècle. Cette édition est très recherchée; elle renferme un portrait de l'auteur, gravé par Le Mire, et 14 belles figures de Le Barbier, gravées par Baquoy (3), Dambrun, J. J. Hubert, Patas (3), L. Petit (3), Romanet, Trière et Simonet.

161. Swift. — Voyages de Gulliver. *Paris, de l'imprimerie de P. Didot l'aîné, an V*-1797, 4 vol, in-18, brochés.

Très bon exemplaire broché de cette édition recherchée. Papier vélin. Un frontispice et 9 jolies figures, dessinés par Lefebvre et gravés par Masquelier.

162. Tasso (Torquato). — Aminta, favola boschereccia. *Crisopoli, Bodoniani*, 1789, gr. in-4, dos et coins mar. violet, doré en tête, non rogné.

Joli portrait, fleuron sur le titre et belle figure de Prudhon avant la lettre, gravée par Roger. Cette planche recherchée est belle d'épreuve.

163. Tasse. — Jérusalem délivrée, poème traduit (par Lebrun). Nouvelle édition enrichie de la Vie du Tasse (par Suard). *Paris, an XI*, 2 vol. in-8, cart., non rognés.

Portrait par Chasselat, gravé par Delvaux, et 20 figures dessinées par Le Barbier et gravées par Bovinet, Courbe, Dambrun, Delvaux (2), Dupréel, de Ghendt, Delignon (2), Halbou (3), Langlois, Romanet, Trière (2) et Villerey (2). Bel exemplaire.

164. Térence. — Les Comédies, trad. nouvelle avec le texte latin et des notes par M. l'abbé Lemonnier. *Paris*, 1771, 3 vol. in-8, veau marbré.

Un frontispice par Cochin, gravé par J. F. Rousseau, et 6 belles figures du même pour Andréa, Eunuchus, Heauton-Timorumenos, Adelphi, Hecyra et Phormio, gravées par A. de St-Aubin (2), Choffard (2) et B. L. Prevost (2).

165. Théâtre. — Boissy. Le Je ne sais quoi, comédie (en un acte, en vers libres), représentée pour la première

fois par les Comédiens italiens, le 10 septembre 1731. *Paris, Prault*, 1731, in-8, cart.

Jolie figure de Lancret, gravée par Cars, avec cette légende :

Ces aimables acteurs sont un portrait vivant
De ce *je ne sais quoy* que l'art ne peut atteindre;
Qui pourrait rendre aux yeux leur jeu plein d'agrément
Serait sûr de le peindre.

166. Théâtre. — Falbaire. L'Honnête criminel ou l'Amour filial, drame en cinq actes et en vers, 2e édition, revue, corrigée et augmentée de l'histoire du héros de la pièce. *Amsterdam et Paris, chez Merlin*, 1768, d.-relié.

Cinq jolies figures de Gravelot, gravées par N. de Launay (2), J. B. Simonet, C. Le Vasseur et Binet. Le héros de ce drame est originaire de Nîmes; à ce titre, cette pièce a sa place marquée dans toute collection nîmoise.

167. Théâtre. — Caron du Chanset. La Dame de charité, drame (en 3 actes et en prose). *La Haye et Paris*, 1775, in-8, broché. — Bruix (cher de). Cécile, drame en 3 actes et en prose. *Londres et Paris*, 1776, in-8, v. por.

Ces pièces ont déjà été signalées comme étant très rares en 1844. (Voir le catalogue de la *Bibliothèque dramatique de Soleinne*.) La première a une très jolie figure de Desrais, gravée par Patas; la 2e, une figure tout aussi belle du même artiste, gravée par Mme Ponce.

168. Théocrite. — Idylles traduites en français, par J. B. Gail *Paris, an IV*, 2 tomes en 1 vol. in-4, dos veau, non rogné.

Exemplaire en papier vélin. — Portrait médaillon et 10 figures par Le Barbier et Boichot, gravés par Bovinet, Patas, Lempereur, Mariage, Petit. Une carte géographique est placée à la fin du volume.

169. Thompson. — Les Saisons, poème, traduit de l'anglais (par Mme Bontemps). *Paris*, 1759, in-12, demi-rel. — Les Saisons, poème, traduit par Deleuze. *Paris, Deterville, an X*, in-8, bas.

La 1re traduction a un titre gravé, 4 figures et 4 culs-de-lampe, dessinés par Eisen et gravés par Baquoy; la 2e a 4 figures de Le Barbier, gravées par Baquoy, Patas, Dambrun et Dupréel.

Cette dernière traduction est précédée d'une importante notice sur les écrits de Thompson.

170. Ussieux (d'). — Les Nouvelles françoises. *Paris, chez Nyon l'aîné*, 1783, 3 vol. gr. in-8, veau porp., fil., d. s. tr.

Chaque roman a un titre spécial, une belle grande figure et une pagination à part. On y trouve : t. Ier, Louis de Bourbon prince de Condé, Françoise de Foix, Faldoni et Thérésa, Angélique de Limeuil, les deux Sophie; t. IIe, Ste Agnès et Corneville, Charlotte de Savoie, Marie de Bourgogne, Françoise de Beauville, Alexis; t. IIIe, Dubois et Gioconda, les Aventures du comte de Rivière, Charles de France, les Disgrâces de Comines et les Amours du comte d'Angoulême. Les Nouvelles des deux premiers volumes ont chacune une vignette et un cul-de-lampe, ainsi que la première du 3e vol. Les figures sont dessinées par Martini (6), Desrais (4), Binet (4) et Desmaisons, et gravées par Gaucher, Berthet, Giraud, Ponce et Esmery. Les deux premiers volumes sont un second tirage de l'édition de 1775, le 3e est ici en édition originale.

171. Vadé. — La Pipe cassée, poème épi-tragi-poissardi-héroï-comique. *Paris, Leclere*, 1866, in-8, broché.

Très jolie réimpression à 200 ex., qui dénote le goût artistique dont a fait preuve l'éditeur Leclère (voir le no 87). Papier de Hollande, titre rouge et noir, fleuron, 4 vignettes et 4 culs-de-lampe, reproduction des illustrations d'Eisen. Rare.

172. Valmon, anecdote française, par Louisel de Treogate. *Paris, chez Moutard*, 1776, in-8, broché.

Très jolie figure de Quéverdo, gravée par Le Grand.

173. Virgilio, l'Eneide del commendatore Annibal Caro. *In Parigi, Quillau*, 1760, 2 tomes en 1 vol. gr. in-8, cart., non rognés.

Exemplaire en grand papier. 2 portraits, 2 titres gravés, 12 figures, 12 vignettes et 6 culs-de-lampe, dessinés par Zocchi et gravés par P. Chenu, Defehrt, Lempereur, Leveau, Pasquier, Prevost et Tardieu. La figure du 10e chant est dessinée et gravée par Prevost.

174. Voltaire. — La Pucelle d'Orléans, poème divisé en vingt chants avec des notes. *S. l. (Genève)*, 1762, veau brun.

20 figures attribuées à Gravelot. Cette édition est la première

avoué par l'auteur, et l'on peut admettre qu'elle a été publiée avec son assentiment pour entraver le débit clandestin d'éditions faites sur les copies manuscrites qui circulaient sous le manteau. « Il est très sûr, écrivait Voltaire à d'Argental, que des fripons l'ont violée, qu'elle est toute défigurée et qu'on la vend en Hollande et en Allemagne sans pudeur. Pour moi, ce n'est point là ma fille! »

175. Id. — La Pucelle d'Orléans, poème en vingt et un chants, avec des notes. *Londres*, 1780, 2 vol. in-32, veau porp., fil., d. s. tr.

Très bon exemplaire de cette jolie édition si recherchée pour ses illustrations. Un frontispice et 21 vignettes de Duplessis-Bertaux, traités avec une grande finesse d'exécution et, par opposition au texte, avec beaucoup de chasteté. A la fin du poème se trouve la lettre de Voltaire à l'Académie française sur les premières éditions de *la Pucelle*, la réponse de l'Académie, l'épître du Père Grisbourdon à Voltaire et une épigramme sur le poème.

176. Id. — La Pucelle d'Orléans, poème en vingt et un chants. *Paris*, *chez Renouard*, 1816, gr. in-8, demi-rel., non rogné.

Bon exemplaire. Portrait et 21 jolies figures de Moreau, gravées par Ghendt, Girardet, Godefroy, Nicollet, Simonet, Thomas, Trière et Villerey.

177. Watelet. — L'Art de peindre, avec des réflexions sur les différentes parties de la peinture. *Paris*, 1760, in-4, v. f., fil., d. s. tr.

Très bel exemplaire en grand papier. Les illustrations de ce beau livre sont gravées par Watelet lui-même, d'après les dessins de Pierre; elles se composent d'un fleuron sur le titre, de 5 vignettes, de 8 portraits médaillons, représentant Michel-Ange, Raphaël, Léonard de Vinci, le Corrège, le Guide, le Titien, le Tintoret et le Dominiquin, et de 6 culs-de-lampe. On y trouve aussi deux figures au trait, donnant les proportions de l'Antinoüs et de la Vénus.

178. Wieland. — Musarion ou la Philosophie des Grâces. Poème en 3 chants, trad. par M. de Laveaux. *Basle*, 1780, in-8, broché.

Papier de Hollande, un frontispice, 3 figures et 3 culs-de-lampe, dessinés par St-Quentin et gravés par Holzhalb.

179. Zémire et Zilas, poème en 3 chants, suivi de quelques poésies champêtres, par M. de S. (Deschamps de

Saucourt.) *Maestricht*, 1775, in-8, cart. Bradel, non rogné. — Les Premières Amours ou Zémire et Zilas. Poème en 3 chants. *A Gnide*, in-8, v. marbré, fil.

Le 1er volume a un titre gravé signé J. Porta sc. Le 2e a un beau frontispice par D. L., gravé par F. A. M., et 1 vignette et 1 cul-de-lampe non signés. Ce second poème, que Barbier signale comme une réimpression du premier, est une œuvre toute différente.

NOTA. Une eau-forte est destinée à servir de frontispice aux exemplaires tirés sur papier vergé du catalogue de la Bibliothèque de M. A. Vulliet. Elle sera distribuée ultérieurement.

Paris. — Imprimerie de Ch. Noblet, 13, rue Cujas. — 8547

www.ingramcontent.com/pod-product-compliance
Ingram Content Group UK Ltd.
Pitfield, Milton Keynes, MK11 3LW, UK
UKHW021947260726
13994UKWH00004B/1579